달빛 이야기 극장

~민담 편~

글·그림 **은젤** | 그림 어시스트 **일류스트**

소담 주니어

차 례

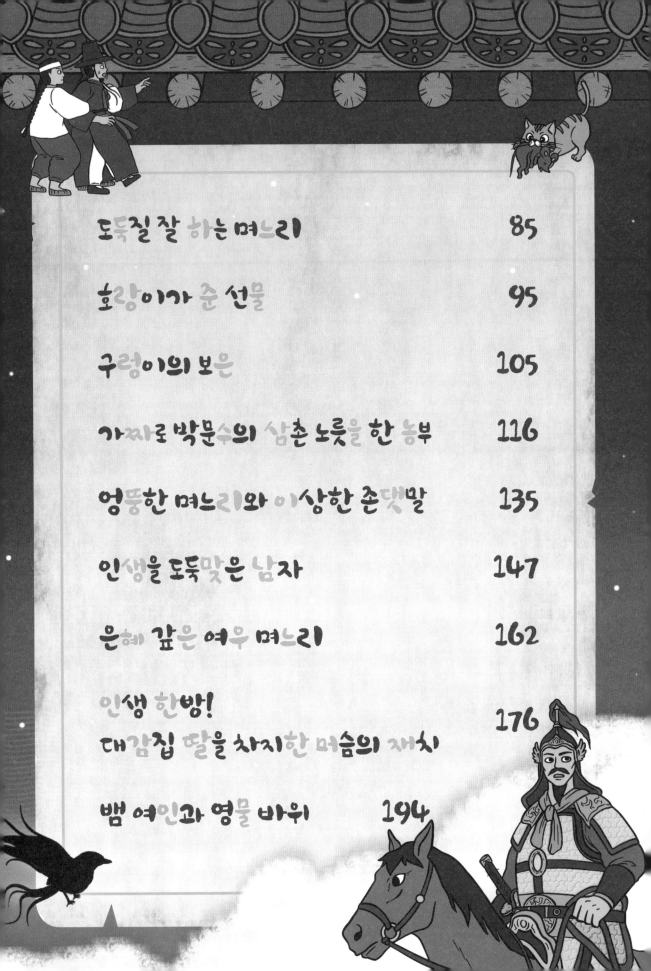

작가의 말

옛날이야기에는 우리 조상님들의 생활이 담겨 있지요. 조상님들이 어떤 일에 관심을 가졌었는지 어떤 생활을 했었는지 그 어떤 역사 자료보다도 생생하게 알 수 있어요.

또한 옛날이야기에는 조상님들의 지혜도 담겨 있지요. 역사는 반복된다는 말이 있잖아요. 그러니 조상님들의 지혜를 배운다면 오늘날 우리의 삶에도 큰 도움이 되지요.

그렇기에 옛날이야기는 어떤 형태로든 다음 세대로
계속해서 이어져야 하겠지요?

달빛 이야기 극장은 이러한 옛날이야기의 가치에 주목
했어요. 그래서 요즘 사람들은 알아듣기도 어려운 투
박한 사투리로 기록되었거나 앞뒤가 잘린 짧은 토막
이야기로 기록된 이야기들을 알맹이가 꽉 찬 이야기로
재탄생 시켰지요.

달빛 이야기 극장과 함께하는 옛날이야기 시간은 어린
아이들에게는 신선한 지혜를 성인, 노인분들에게는 향
수를 불러일으키는 의미 깊은 경험이 될 거예요.

- 지은이 은젤

백두산 어느
무덤의 비밀

옛날 임진왜란 때였다.

압록강 건너 명나라에서도 조선에서 전쟁이 벌어졌
다는 급보가 건너왔다.

조선은 명나라의 구원병이 절실한 상황이었다.

명나라 13대 황제인 만력제는 명군을 파견해 조선을
돕기로 결정했다. 그러나 그들은 일본군의 정확한 규모
나 전력을 알지 못하는 상황이었다.

만력제는 우선 몽골인, 여진족, 다우르족 등으로 구성
된 북병의 지휘관인 조승훈을 보내 3천 명을 이끌고 일

본군을 공격하도록 했다. 그러나 이 명나라 기병들은 조총, 불랑기포, 홍이포 등의 화포를 가지고 있지 않았다. 이에 조승훈의 군대는 평양성에 매복해 기습을 한 일본군에게 보기 좋게 패배해 돌아오고 말았다.

일본군이 예상보다 강하다는 것을 깨닫게 된 만력제는 새롭게 파병할 장군을 결정하게 된다.

"이여송이라 하는 이 자는 명장인가?"

"예. 이성량의 아들로 천하의 명장이라 불리옵니다."

이에 만력제는 4만 2천 명을 이끌고 있는 이여송 장

군을 조선에 파병하기로 했다.

조선 선조는 압록강을 건너온 이여송 장군을 버선발로 마중했다. 명나라 병력의 도움이 있어야만 일본군을 몰아낼 수 있다고 믿었기 때문이다. 이여송은 조선군이 식량 보급 등의 문제들을 겪으며 상황이 좋지 않은 것을 보고 잠시 재정비 시간을 가졌다.

이후 명군은 만여 명의 조선군과 합쳐 도합 5만 명으로 평양성을 포위했다. 평양성에 머물고 있던 고니시 유키나가 장군과 그가 이끄는 병력들을 물리치기 위해, 이여송은 명군이 보유했던 모든 화포를 평양성에 쏟아부으며 동시에 병력을 전개시켰다.

일본군엔 화포는 없었지만 대조총을 가지고 있었다. 명군의 화포와 일본군의 조총, 대조총의 싸움 속에 양쪽 많은 병사들이 목숨을 잃었다. 쉽지 않은 전투였다.

그러나 역시 조총이 화포를 당해낼 수는 없었다. 일본군이 조총을 쏘려고 자세를 잡는 동안 이미 명군이 쏜 화포 세례를 맞는 것이었다. 또 명군에는 화포만 있는 것은 아니었다. 그들 역시 활, 조총을 가지고 있었으며 몽골 칼을 쓰는 북방 기병들은 근접 전투에서 맹활약을 했다. 결국 일본군은 서서히 밀려나기 시작했다.

이여송은 외쳤다.

"적장 고니시 들어라! 마음만 먹으면 너희 모두를 섬멸하기에 충분하나, 이 모든 인명을 해하고 싶지 않다. 협상을 받아들이면 살 길을 열어줄 테니 당장 나와 내 명을 받아라!"

이렇게 협상이 체결되어 이여송은 남은 일본군을 살려 보내주었다. 이여송의 힘을 빌려 평양성을 탈환한 선조와 조선 조정은 다시 남하하기 시작했다. 조명 연합군은 계속해서 일본군을 추격하여 2주 후에는 개성을 탈환했다.

여기까지만 보면 이여송 장군이 과연 명장이라 할 수 있겠으나 기록에 따르면 실은 이여송이 정말로 명장이었는지는 큰 의문이 있다고 한다. 그를 명장이라 부르는 것이 거품에 지나지 않다고 하는 이들도 있다.

왜냐하면 이여송이 이후 재집결한 일본군이 반격을 준비하고 있는 것을 간과한 것이다. 벽제관에서 일본군 방면에 직면한 명군 기병, 보병 약 9천여 명은 조총이나 화포도 없이 무방비 상태로 일본군과 싸우게 된다.

화약무기 하나 없었던 명군은 일본군의 조총 사격에 무참히 당하고 말았다. 불행 중 다행으로 해가 지자 일본군은 한양으로 물러났다. 아직 명군 본대와 본격적인 전투를 벌일 준비는 되지 않았다 판단한 것이 그 이유였을 것이다. 그러나 이미 명군은 무려 2천 5백여 명의 피해를 입은 상황이었다.

이에 이여송의 명군은 패배감에 잠겨 진격을 포기하고 개성으로 물러났다. 무력감과 패배감에 빠진 이여송은 더 이상의 병력 피해를 입는 것을 원치 않았다. 그리하여 적당히 일본군과 타협해 전쟁을 마무리하고 싶어 했다.

그는 조명 연합군 전체에 명령을 내렸다.

"더 이상 일본군을 추격하지 말라!"

그렇게 별다른 전투 없이 이여송과 명군은 조선 곳곳에 눌러 앉게 된다.

그들은 많은 양의 식량과 물자가 필요했고 그것을 사실상 조선의 민간인들을 약탈하는 방법으로 충당했다. 그래서 당시 조선인들은 왜놈보다 몽골족들이 더하다며 통곡을 했다는 기록도 남아 있다고 한다.

한편 이여송이 전투를 회피하며 조선에 머무르고 있을 때였다.

그는 난이 어느 정도 평정되었다 생각하고 조선 방방곡곡 말을 타고 돌아다니며 조선의 산천을 둘러보았다. 하루는 이여송이 말을 타고 경북 안동 제비원 앞을 지나고 있었다. 갑자기 그가 탄 말이 우뚝 서더니 더 이상 앞으로 나아가지 않는 것이었다.

"왜 멈추어 서는 것이지? 이랴!"

말이 움직이지 않자 이를 이상히 여긴 이여송이 주변을 둘러보았다.

그랬더니 큰 미륵불 하나가 우뚝 서 있는 것이었다.

"오호라. 저 미륵불 때문에 말이 움직이지 않는 것이
로구나."

이여송은 말에서 내려 차고 있던 칼을 빼 들었다.

그러더니 미륵불의 목을 탁 쳤다.

미륵불의 목은 땅에 떨어졌다.

그리고 이여송이 다시 말에

올라타니 그제야 말이 발굽

을 땅에서 떼어 다시

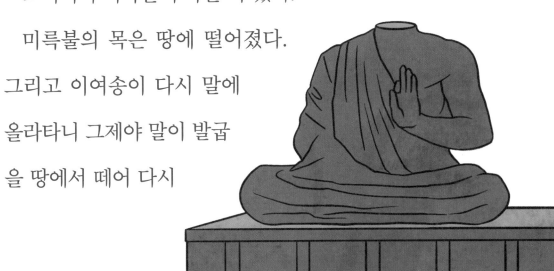

걷기 시작했다.

이여송을 호위하던 병사가 물었다.

"왜 미륵불의 목을 자르신 것입니까?"

이에 이여송이 답했다.

"저 미륵불의 기운이 심상치 않았다. 그렇지 않았으면 갑자기 말이 움직이지 않을 리 없지 않으냐."

그는 말을 이었다.

"저 범상치 않은 미륵불도 그렇고 말이야……. 내가 이렇게 조선의 산천을 둘러보고 느낀 것이 있다. 이 조선 땅이 영웅이 많이 날 좋은 땅이라는 것이다. 훗날 이 기운을 받아 조선에서 뛰어난 영웅이 많이 태어난다면 어떤 일이 벌어지겠느냐?"

"예? 글쎄요."

"그 영웅들이 우리 명나라를 위협하게 될지도 모를 일이다. 재앙을 미리 알 수 있다면 그것을 예방해야겠지. 조선에 인재가 태어나지 않게 하기 위해서 이 수려한 산천의 혈맥들을 다 끊어 놓아야겠다."

그리하여 이여송은 명으로 돌아가기 위해 북상하는 동안 조선의 수많은 명산의 혈맥(목)을 잘라버렸다. 풍수를 보아 큰 인물이 날 만한 자리다 싶으면 지체 없이 잘라버린 것이다.

하루는 그가 백두산의 어느 묘 앞 잔디에 앉아 쉬고 있을 때였다.

"흠, 이 잔디가 유난히 따뜻하게 온기가 돌고 푹신푹신하구나."

이여송이 가만히 살펴보니 그 묘가 보통 묘가 아닌 것처럼 보였다.

그는 칼을 빼들어 묘의 옆 부분을 칼로 찔렀다. 단지 묘를 칼로 쳤을 뿐인데 그의 칼에는 피가 묻어 있었다.

"아무것도 없는 묘에서 피가 묻어 나오다니, 역시 보통 묘가 아니었구나."

그렇게 이여송은 마침내 명나라로 돌아갔다. 그리고 그는 자신이 조선에 머물며 어떤 일들이 있었는지 늙은 아버지에게 이야기했다.

이여송의 아버지는 전쟁 이야기와 산수의 혈맥을 자른 이야기를 잠자코 듣고 있었다. 그러다 이여송이 백두산 어느 곳에 위치한 묫자리의 혈을 잘랐다는 이야기를 할 때였다.

아버지가 소스라치게 놀라며 말했다.

"네가 어디에 있는 묘를 잘랐다고?"

이여송이 영문을 몰라 하니 아버지가 이어 말했다.

"큰일이구나……, 이럴 수가……."

"왜 그러십니까, 아버지?"

"그 묘는 네 할아버지의 묘다. 네가 할아버지의 팔을

잘라버린 셈이구나.”

“네?”

이여송이 새파랗게 질려 물었다.

“할아버지의 묘가 어찌 조선 땅에 있다는 말씀이십니까?”

“사실 나는 조선 함경도 사람이었단다. 내가 어렸을 때 망명해서 이곳으로 왔지.”

“그……, 그럴 수가!”

조선의 명맥을 끊어놓겠다며 산수의 혈맥, 그리고 묫자리의 혈맥까지 끊고 돌아온 이여송이었다. 그러나 알고 보니 정작 이여송 본인에게도 조선의 피가 흐르고 있었던 것이다.

제 손으로 할아버지 묘의 혈을 자른 이여송은 얼마 후 전쟁에서 전사했다. 사람들은 그가 자기 손으로 후손들에게 갈 복을 끊어버린 것이라고 평하곤 한다.

한편, 이여송이 잘라 떨어뜨린 제비원 미륵불의 머리

는 이후 어느 스님에 의해 다시 제자리에 붙여졌다.

스님은 횟가루를 이용해서 목을 붙였는데 떨어졌다 붙은 목 자국을 가리기 위해 횟가루를 볼록볼록한 모양으로 다듬었다. 마치 미륵불이 염주를 목에 건 것처럼 보이게 한 것이다.

그리하여 오늘날 제비원에 가면 염주를 걸고 있는 것처럼 보이는 미륵불을 볼 수 있다고 한다.

귀신을 조롱한 남자

옛날 어느 마을에 배씨 성을 가진 한 남자가 살았다.

배씨는 힘이 좋기로 유명해서 사람들은 그를 배장사라 불렀다.

그런데 배장사는 귀신을 믿지 않았다.

사람들이 조상들에게 제사를 지내며 소원을 비는 것을 볼 때마다 배장사는 코웃음을 쳤다.

"이 세상에 귀신이 어디 있다고 있지도 않은 귀신에다 소원을 빈담? 그런 어리석은 행동이 또 어디 있단 말인가?"

배장사는 자신이 귀신을 믿지 않는 것에서 그치지 않고 만나는 사람들에게 귀신은 존재하지 않는다고 주장했다.

"아이고 이 사람아. 귀신한테 갖다 바칠 음식이 있으면 그거 나나 주시오. 내가 배불리 먹고 힘내서 다음에 자네가 곤란한 일이 있을 때 도와줄 테니깐."

하루는 배장사의 아내가 걱정거리가 있어 물을 떠놓고 기도를 빌고 있는데 배장사가 나와 그 물을 엎어버리며 외치기도 했다.

"이 여편네야. 서방한테 잘하면 집안에 걱정거리가 자연히 싹 사라질 것을, 누군지도 모르는 산신한테 기도를 올린다고 될 일인가?"

한편 귀신들은 배장사의 행실 때문에 곤란해졌다.

"배장사라고 하는 저놈 때문에 요즘은 어디 가도 밥 한 숟갈 못 얻어먹을 지경이라니까."

"저런 되바라진 놈은 콱 혼쭐을 내주어야 하는데, 저놈이 귀신을 믿지를 않으니 나타날 수도 없고 말이야."

24

귀신은 믿는 사람들의 앞에만 나타날 수 있었다. 그렇기에 배장사를 혼내주고 싶어도 그의 앞에 강제로 나타날 능력이 되지 않았다.

"배장사에게 이상한 일들이 벌어지게 해서 우리 귀신의 존재를 믿게 되도록 해보자고."

"그래! 그리고 배장사가 귀신의 존재를 어렴풋하게라도 믿게 되는 순간 잡아와 버리자고."

하루는 배장사가 소를 데리고 밭일을 나서는 날이었다. 귀신들은 소의 엉덩이에 전에 없던 뿔이 돋아나도록 했다. 그런데 배장사는 소 엉덩이의 뿔을 보고도 놀라기는커녕 자신의 소가 특별한 소라며 좋아하기만 했다.

또 하루는 배장사가 낮잠을 자고 있을 때였다.

귀신들은 배장사의 옷 속으로 들어가 배에 돼지머리를 그려 놓았다. 그런데 배장사는 자고 일어나 옷 속을 확인도 하지 않았으며 하루 일을 마치고 나서야 씻기 위해 옷을 벗고 돼지머리 그림을 보았다.

그러나 그는 놀라지 않고 그러려니 하고 그림을 씻어낼 뿐이었다.

"저, 저, 둔한 놈. 보통은 이 정도 하면 귀신이 곡할 노릇이네 하면서 귀신을 믿기 마련인데."

"좀 더 적극적인 방법을 쓰지 않으면 안 되겠어."

귀신들은 배장사가 가는 길에 눈에 잘 보이도록 금이 붙은 조그만 돌멩이를 떨어뜨려 놓았다.

아니나 다를까 배장사는 눈이 휘둥그레져서 돌멩이를 집어 들었다. 조그맣게 붙어있기는 해도 분명 금이 있었다. 그런데 몇 걸음을 더 가니 또 금이 붙은 돌멩이가 떨어져 있는 것이었다.

"이야 이게 웬 횡재야!"

배장사가 걸음걸음 옮길 때마다 금이 붙은 돌멩이가 놓여 있었다. 그는 그 돌멩이를 줍느라 자신이 어디로 향하고 있는지도 눈치채지 못했다.

그렇게 걷고 걷다 보니 어느덧 주변이 깜깜했다.

해가 졌다고 하더라도 이렇게 깜깜할 수가 있나 싶었다. 달도 떠있지 않는 듯이 깜깜한 곳으로 들어와버린 것이다. 그곳은 바로 귀신들의 나라인 귀국(鬼國)이었다. 귀신들이 배장사를 귀국으로 유혹한 것이다.

깜깜한 와중에 희미한 불빛이 보이자 배장사는 그곳으로 향했다. 그곳에는 어떤 집이 있었는데, 집 안 방에는 한 귀신이 앉아 있었다. 배장사는 어떤 힘에 이끌려 무릎을 꿇고 앉게 되었다.

귀신이 배장사에게 말했다.

"네 이놈. 이 세상은 너희만 사는 것이 아니라 귀신과 함께 어우러 사는 것을. 너는 어째서 우리를 믿지 않는 것도 모자라 우리를 모욕하려 하느냐."

배장사는 갑작스러운 상황에 놀라 얼어붙어 있었다. 귀신이 이어 말했다.

"네놈 때문에 고통을 호소하는 귀신이 한둘이 아니다.

이번 기회에 네놈을 통해 모범을 보여 주어서 앞으로는
그 누구도 우리 귀신의 존재를 의심하지 못하게 할 것이
니 그런 줄 알거라."

귀신이 누군가를 불러 명령을 하니 그 자가 나무로 된
자를 가지고 왔다.

"저놈을 보고 세상 그 누구도 우리를 우습게 여기지
못하도록 저놈을 변형시켜서 세상에 내보내거라."

귀신이 명령을 내리자 명령을 받은 귀
신이 가져온 자로 앉아있는 배장사의
엉덩이를 때렸다. 그러자 배장사가
쑤욱 커지는 것이었다.

귀신이 한 번 더 때리자 배장
사는 더욱 커졌다. 이제 배장사
가 내려다보니 귀신들이 아주

조그맣게 보였다. 배장사는 겁에 질려 말했다.

"아이고. 이 모습으로 제가 어떻게 밖에 나가겠습니까. 부디 저를 좀 줄여 주십시오."

"저 자의 바람이니 그렇게 해주거라."

귀신이 이번엔 거대해진 배장사의 발바닥을 자로 때리니 배장사의 크기가 줄어들었다. 그런데 두 번 세 번 때리니 이번에는 배장사가 조그만 난쟁이가 되어 버렸다.

"됐다. 이제 저 모습으로 내보내라."

배장사는 귀신들이 자신을 보내줄 때 얼른 도망쳐야 한다는 생각에 어쩔 수 없이 난쟁이의 모습으로 귀국에서 도망쳐 나왔다.

그는 뛰고 뛰어서 마침내 집에 도착했다.

집에서는 배장사의 아내가 부엌에서 밥을 푸고 있었다. 그녀는 중얼중얼 푸념을 하고 있었다.

"성격 한 번 고약하기도 하지. 그깟 물 한 대접이 뭐 그리 아깝다고 기도도 올리지 못하게 하고……. 어휴 내 팔자야."

그때 배장사가 숨을 몰아쉬며 부엌으로 들어왔다. 그런데 아내가 배장사를 본 체도 하지 않고 밥만 휘젓고 있는 것이었다.

배장사는 아내의 손바닥만큼 작아진 난쟁이 모습이 었기에 아내가 알아채지 못하는 것도 당연했다.

그러나 배장사는 화가 나서 외쳤다.

"뭐 이런 버르장머리 없는 마누라가 다 있나! 서방이 어딜 다녀와도 아는 체도 안 하고 말이야!"

뒤에서 뭔가 쫑알거리는 소리에 그제야 배장사의 아내가 뒤를 돌아보고 난쟁이를 발견했다. 그녀는 그것이 자신의 남편일 것이라고는 생각도 하지 못했다. 그냥 커다란 쥐인가 보다 했다.

"아이고 웬 쥐새끼가 와서 이렇게 찍찍거려!"

깜짝 놀란 아내는 들고 있던 밥주걱으로 배장사를 내리쳤다.

"꾸엑!"

"어휴 하다 하다 이제 쥐새끼까지 날 우습게 보고 까부네."

배장사는 주걱에 맞아 그대로 기절하고 말았고 아내는 배장사를 뒷마당에 던져버렸다.

다음 날 아침 배장사는 본래의 크기로 돌아온 채 뒷마당에서 깼다. 그는 그 뒤로 절대로 귀신이 없다는 말을 주변 사람들에게 하고 다니지 않았다.

오히려 누가 귀신에 대해 안 좋은 말을 하면 귀신이 어디에서 듣고 있을지 모르니 말을 조심하라고 조언했다고 한다.

해골물의 비밀

옛날 어느 마을에 노모와 형제가 함께 살았다.

늙은 어머니는 젊은 시절 일찍이 남편을 여의고 과부가 되어 형제를 홀로 키우느라 고생을 했다. 그래서인지 나이가 들자 점차 눈도 침침해지고 다리에 힘도 없어지더니, 결국 앞을 보지 못하는 봉사이자 걷지 못하는 앉은뱅이가 되고 말았다.

형제는 둘 다 똑똑하고, 성실하고, 착했는데 어머니는 어려운 형편에 두 아들을 모두 교육시킬 여건이 되지 않았다.

　그녀는 둘 중 하나라도 제대로 공부해서 의원이 되기를 원했다. 그래서 형을 집중적으로 공부시키는 데 온 힘을 썼다. 동생은 어머니의 관심이 형에게 더 가도 불평하지 않았다. 그는 형만큼 교육 기회를 얻지 못해 공부를 잘하지는 못했지만 형 대신 집안일을 도맡아 하며 어머니를 도왔다. 어머니의 정성 덕분에 형은 성장해 마침내 의원이 되었다.

어머니는 봉사에 앉은뱅이가 되었지만 자신의 노력 끝에 큰아들이 의원이 된 것이 몹시 자랑스러웠다. 그런데 형이 의원이 된다 하여 갑작스레 집안 형편이 좋아지는 것은 아니었다. 형은 조금이라도 집안을 일으키기 위해 수시로 한약방에 나가 일을 했고 집에 있을 때에도 의학 공부를 소홀히 하지 않았다.

하루는 아침밥을 먹다가 노모가 두 아들에게 말했다.

"이웃 사람이 말하는 것을 들었는데 저기 20리 너머 이웃 동네에서 큰 잔치가 벌어진다고 하더구나. 나도 그곳에 가서 바람 좀 쐬고 왔으면 하는데 말이다."

어머니가 아들들에게 자신이 무언가 하고 싶다고 말하는 것은 거의 처음 있는 일이었다.

그동안 고생을 했으니 이제라도 바람 한 번 쐬고 오고 싶다고 말하는 노모의 부탁은 그리 큰 바람이라 할 수 없으리라. 그러나 큰아들은 이미 공부와 일로 너무 바쁜 하루하루를 보내고 있었다.

그는 어머니의 걸을 수 없는 다리를 바라보고 말했다.

"어머니, 저는 오늘도 한약방에 나가보아야 해서 시간을 낼 수가 없네요."

"아……, 그러니?"

노모가 순간 실망하며 대답하자 곧바로 동생이 말했다.

"어머니. 제가 모시고 갈게요. 제가 어머니 가시고 싶은 곳 어디든 모시고 가지요."

형은 미안한 마음에 고개를 푹 숙이고 밥을 입에 떠넣었다. 동생이 형에게 말했다.

"형님. 미안한 마음 가지지 마세요. 우리 형제는 각자 할 수 있는 일을 하는 것일 뿐입니다. 형님이 한약방 일로 늘 얼마나 애쓰시는지 잘 압니다. 제가 형님께서 걱정하실 일 없도록 어머니를 잘 모시고 다녀오겠습니다."

"동생아. 늘 고맙다."

동생은 어머니를 등에 업고 길을 떠났다. 이웃 마을에 가려면 큰 고개를 넘어야 했다.

그렇게 5리 정도를 걸어갔을까, 어머니가 갑자기 이렇게 말하는 것이었다.

"애야. 내가 닭고기가 참 먹고 싶구나."

"닭고기요? 갑자기요?"

아침밥을 먹고 출발한 지 얼마 되지 않았는데 갑자기 닭고기를 드시고 싶다고 하는 노모의 말에 동생은 조금 당황했다. 그는 안 그래도 어머니를 업고 걷느라 숨도 거칠고 땀도 흘리고 있는 상태였다. 그런데도 어머니는 오늘따라 아이처럼 보채듯, 애원하듯 말하는 것이었다.

"삶은 닭고기가 너무 먹고 싶구나."

"하하. 삶은 닭고기가 꼭 드시고 싶으세요?"

동생은 난감함에 어쩔 줄을 몰랐다. 이웃 마을 잔치를 구경 가려고 나온 터라 돈을 많이 가지고 나온 것도 아니었다.

'돈이 없는데 어디서 닭을 구하지? 그리고 구한다고 하더라도 솥도 그릇도 없는데 어떻게 삶아서 드리지? 이것 참⋯⋯.'

아들은 어머니를 달래듯 말했다.

"어머니, 곧 삶은 닭고기 드시게 해 드릴게요. 조금만 기다려 보셔요."

아들은 일단 이웃 마을에 도착해서 방법을 생각하기로 하고 발걸음을 옮겼다.

그렇게 무거운 마음으로 5리 정도 더 걸었을 때였다. 어디에선가 갑자기 통통하게 살이 오른 닭 여덟 마리가 뒤뚱거리며 동생의 눈앞에 나타났다.

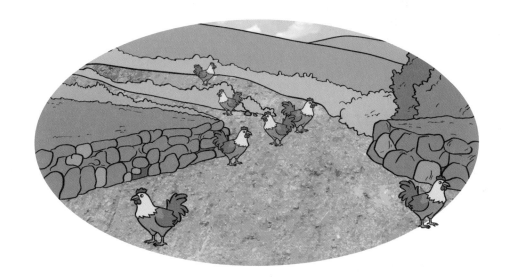

마을에 도착하면 닭부터 찾아보려 했던 동생이었는데 닭이 나 여기 있소 하고 나타나니 그는 어안이 벙벙했다. 그런데 그때 여덟 마리의 닭 중 가장 몸집이 크고 건강해 보이던 닭이 픽 하고 쓰러져 죽어버리는 것이 아닌가?

나머지 일곱 마리의 닭들은 '꼭꼭꼭' 소리를 내더니 어디론가로 사라져 버렸다. 졸지에 아들의 발 앞에 통통한 닭 한 마리가 놓이게 된 것이다.

"닭이 꼭 필요하긴 했는데, 누가 키우는 닭인지도 모르는데 내가 손대도 되는 것일까?"

그러나 아들이 잠시 기다려도 닭 주인은 나타날 기미가 보이지 않았다. 동생의 등에 업힌 어머니는 계속해서 삶은 닭고기를 먹고 싶다 보챘다.

"어쩔 수 없지. 닭 주인은 나중에 만나게 되면 그때 사정을 설명하기로 하고 일단은 어머니 소원 먼저 들어드려야겠다."

동생은 어머니를 잠시 나무 그늘 밑에 내려놓고 쉬시도록 했다. 그리고 근처를 살펴보자 운 좋게도 어느 민가 한 채가 있었다. 그는 그 집에 가서 칼, 도마, 그리고 냄비를 빌렸다.

그 후 산 밑 개울가에서 닭을 잡고 나뭇가지를 모아 불을 피웠다. 그리고 빌린 냄비에 닭을 푹 삶아 어머니에게 가져갔다.

"어머니. 여기 어머니가 그렇게 드시고 싶다고 하시던 삶은 닭고기예요. 맛있게 드세요."

"아아, 얼마나 먹고 싶었는지 모른다. 냄새부터 참 좋구나."

노모는 닭 한 마리를 순식간에 혼자 맛있게 다 먹어치웠다. 평소보다 훨씬 더 음식을 잘 먹는 어머니의 모습을 동생은 흐뭇하게 바라보았다. 노모가 식사를 다 마치자 아들이 어머니를 업고 다시 길을 떠났다.

그렇게 5리 정도 더 걸었을 때였다.

"애야. 목이 왜 이렇게 마르는지 모르겠다. 시원한 물을 마시고 싶구나."

"물이요? 네, 어머니 금방 가져다드릴게요."

동생은 어머니를 나무 그늘 밑에 내려놓고 물을 찾으러 떠났다. 닭과 달리 물은 돈 들이지 않고도 가져다드릴 수 있을 것이라고 동생은 생각했다. 그런데 생각과 달리 산 수풀 속을 아무리 헤매도 작은 개울조차 보이지 않는 것이었다. 무더운 여름이었기에 아들은 점점 더 땀으로 젖어갔다.

그렇게 얼마나 물을 찾아 헤맸을까, 그는 마침내 산중턱 움푹한 곳에서 바가지에 담긴 물을 발견했다.

"아! 하늘이 돕는구나. 어찌 이런 곳에 물이 담긴 바가지가 있을까!"

아들은 서둘러 바가지를 향해 달려갔다. 그런데 가까이 가니 물에는 구더기 3마리가 떠 있는 것이었다.

"으윽, 뭐야?"

잘 보니 물이 담긴 바가지는 바가지가 아닌, 해골이었다. 해골에 물이 고여 있었던 것이다.

동생은 잠시 고민했다. 하지만 이 물이 아니면 어머니에게 물을 구해서 가져

다드릴 수 있을지 확신이 없었다. 이토록 무더운 날씨에 노모가 얼마나 더 물 없이 갈증을 버틸 수 있을지 걱정도 됐다. 그래서 그는 벌레를 손으로 떠내서 버린 후 조심스럽게 해골물을 가지고 어머니에게로 갔다.

"어, 어머니. 여기 물 가지고 왔어요."

봉사인 어머니는 아들에게서 해골을 받아들고 물을 한 모금 꿀꺽 마셨다.

"물이 어찌 이렇게 시원하니? 어디서 떠온 물이니?"

어머니는 물맛에 감탄하며 꿀꺽꿀꺽 해골물을 끝까지 남기지 않고 마셨다.

동생은 그런 어머니의 모습을 조금은 멋쩍은 표정으로 바라보았다. 그런데 어머니가 해골물을 다 마시자 놀라운 일이 벌어졌다. 그녀가 다리에 힘을 주더니 자리에서 벌떡 일어난 것이다.

"어머니! 어떻게……?"

그뿐만이 아니었다. 곧이어 어머니가 눈꺼풀에 꽈악 힘을 주더니 눈을 번쩍 뜬 것이다.

"이럴 수가. 어머니! 어머니, 제가 보이세요?"

동생은 순식간에 벌어진 일들에 너무 놀라 입을 다물지 못했다. 어머니 역시 자신이 무의식적으로 한 행동에 스스로 놀라고 있었다.

"아들아. 네가 보인다. 네가 보여."

"어머니!"

"내가 지금 일어나 있는 것이 맞지? 아들아. 내가 일어선 것이 맞지?"

"맞습니다 어머니. 기적이 일어났어요."

동생과 어머니는 기적과 같은 일을 한시라도 빨리 형

에게 알려주고 싶었다. 그러나 어머니는 동시에 자신의 다리로 직접 걸어서 자신의 뜬 눈으로 직접 이웃 마을 잔치를 꼭 보고 싶어 했다. 그래서 둘은 이웃 마을에 가서 잔치 구경을 마치고 저녁 늦게 집으로 돌아갔다.

한약방 일을 마치고 집에 돌아와 공부를 이어 하던 큰아들은 집에 돌아온 동생과 어머니를 내다보고 너무나 놀랐다. 어머니가 자신의 다리로 선 채 눈을 떠 자신을 바라보고 있었기 때문이다.

"어머니. 이게 어찌 된 일입니까?"

어머니는 오늘 있었던 일을 큰아들에게 말했다. 그 이야기를 들은 큰아들은 갑자기 눈물을 주룩주룩 흘리며 말하는 것이었다.

"어머니……, 이 불효자를 용서하십시오."

"불효자라니? 그게 무슨 말이니?"

"실은 저는 어머니의 병을 고칠 방법을 진작부터 알고 있었습니다. 어머니의 병은 여덟 마리가 뛰노는 닭의 무리 중 갑자기 고꾸라져 죽은 닭을 잡수신 후, 구더기 세 마리가 떠 있는 해골물을 마셔야 낫는 병이라는 것을요.”

“형님, 그게 무슨 말입니까?”

“이미 약이 무엇인지 알고 있었으면서도 그 약을 구할 방법이 실제로 있을 것이라 생각하지 않았다. 그래서 일찌감치 포기하고 시도도 하지 않았던 것이야.”

큰 아들은 이어 말했다.

“그런데 오늘 보니 그저 제 정성이 부족했던 것이었습니다. 이렇게 고칠 수 있는 병이었는데……, 이 불효 자식을 용서하십시오, 어머니.”

어머니는 아들을 꼬옥 안아주며 대답했다.

“아들아. 네가 네 나름대로 나와 네 동생을 위해 최선을 다하고 있는 것을 잘 알고 있단다.”

“어머니…….”

“형님. 저는 형님이 늘 자랑스럽습니다. 형님의 동생인 것이 얼마나 행복한지 모릅니다.”

“동생아. 너의 지극한 효성이 세상에 없는 약을 눈앞

에 나타나게 하는 기적을 내려 주었구나.”

　이후 두 아들은 건강을 찾은 노모를 더욱 극진하게 모셨다. 형이 일을 해서 벌어오는 돈으로 동생도 이전에 하지 못한 공부를 조금씩 할 수 있었다. 동생은 형에게 감사하며 형이 집에 없는 동안 어머니와 집안 살림을 열심히 꾸려 나갔다.

　이렇게 두 아들은 서로를 위하며 각자의 자리에서 성실하게 살았으며 어머니 역시 아들 둘과 함께 건강하게 오래오래 행복하게 살았다고 한다.

유소저의 부활

옛날 광주 어느 마을에 유소저라는 아름다운 처녀가 살았다.

그녀는 어린 나이에 어머니를 잃었는데 아버지가 이웃 마을 처녀와 재혼을 해 유소저에게 계모가 생겼다. 그런데 계모는 유소저와 나이 차이가 많이 나지 않아 유소저를 딸로 보기보다는 눈엣가시로 여겼다. 마치 남편의 관심과 사랑을 두고 경쟁하는 듯했다. 계모는 날이 갈수록 유소저를 미워하게 됐다. 그리하여 결국은 유소저를 없애버려야겠다는 생각을 하기에 이르렀다.

어느 날 계모는 유소저가 먹는 밥에 독약을 넣었다. 그런데 다행히 유모가 그 사실을 바로 눈치챘다. 유모는 유소저가 어렸을 때부터 그녀를 기른 사람으로 유소저를 매우 아꼈다. 유모는 유소저의 밥을 얼른 몰래 버리고는 새 밥을 유소저에게 주었다.

계모는 밥을 먹은 유소저가 멀쩡하자 분명 유모가 중간에서 수를 썼을 것으로 생각하고 유모를 쫓아냈다. 유모는 집을 나가며 유소저에게 몰래 당부했다.

"아씨. 새어머님이 해주시는 밥을 절대 드시지 마세요. 독약이 들어 있습니다……."

이후 유소저는 계모가 주는 밥을 절대 먹지 않았다.

계모는 걱정하는 척 핀잔을 주듯 말했다.

"네가 이렇게 안 먹어서 야위기라도 하면 아버지께서 얼마나 걱정하시겠니? 괜히 나까지 한소리 듣겠다. 얘."

"죄송해요……. 입맛이 없어서요."

"그렇게 입맛이 없으면 밥 대신 죽을 쑤어 줄 테니 먹도록 해라."

계모는 죽을 만들어서 유소저에게 가져다주었다. 당연히 그 죽에는 독약이 들어 있었다.

"죽이 맛있어 보이네요. 뜨거우니 잘 식혀서 먹을게요."

유소저는 계모의 시선을 돌린 후 죽을 후후 불어 먹는 척을 하며 옷 안쪽 가죽 주머니에 죽을 부었다.

"맛있었어요. 잘 먹었습니다."

죽 그릇이 빈 것을 보고 계모는 곧 유소저가 죽을 것이라 생각하고 속으로 기뻐했다. 그러나 저녁이 되어도 며칠이 지나도 유소저가 멀쩡하자 화가 치밀었다.

'저 계집애가 이번에도 또 꾀를 썼구나!'

계모는 밥에 독약을 타서는 유소저를 없앨 수 없는 것을 깨달았다. 그래서 향후 좋은 기회가 왔을 때 전혀 다른 방식으로 해치워야겠다고 생각했다.

얼마 후 유소저가 열 일곱 살이 되어 혼인할 나이가 되었다. 그녀는 이웃 마을 사대부 집안의 도령과 혼인을 하게 되었다. 계모는 유소저가 양반집 며느리가 되는 것을 보는 것이 너무 질투 나고 화가 났다.

본인은 그 사이 남편과의 사이에서 아이를 둘이나 낳았지만 그것으로도 만족하지 않았다. 자신과 나이 차가 많이 나지 않는 유소저가 젊고 잘생긴 양반과 혼인하는 것이 분했다.

계모는 몸종 득순이를 불렀다.

"득순아. 너 오늘 해야 할 일이 있으니 남장을 하고 오거라."

득순이는 계모의 지시대로 남장을 하고 시퍼런 칼을

쥐고는 불 꺼진 신방으로 살금살금 향했다. 그녀는 조용히 방 안으로 들어가 칼을 높이 든 채 신랑 옆에 섰다. 신랑이 인기척에 놀라 눈을 뜨자 득순이가 남자 목소리로 말했다.

"유소저는 이미 임자가 있는 몸인데 어느 괘씸한 놈이 임자 있는 여인과 혼례를 올렸느냐? 목숨을 건지고 싶다면 당장 떠나라!"

신랑은 눈앞의 무시무시한 칼에 겁을 먹었고, 또 유소저가 이미 남자가 있다는 말에 배신감도 들었다. 그리하여 그는 속옷 바람으로 헐레벌떡 방에서 뛰쳐나와 자신의 집으로 가버렸다.

유소저는 옆에서 그 모습을 바라보며 오들오들 떨고 있었다. 득순이는 유소저를 칼로 찔렀고 가여운 유소저는 그 자리에 쓰러지고 말았다.

다음 날 아침이 되어서야 가족들은 방 안의 유소저를 발견하게 되었다. 아침 먹을 시간이 되어서도 신랑 신부가 나오지 않자 아버지가 신방 문을 열어본 것이다. 방 안에 신랑은 없고 유소저만 누워 있었는데 유소저의 가슴에는 칼이 꽂혀 있었다. 아버지는 그 자리에 주저앉았고 계모는 거짓으로 슬픈 척하며 통곡했다.

"어쩌면 좋아 불쌍한 것……! 어서 칼이라도 빼내고 영혼을 달래 주어야겠어요."

계모가 유소저의 몸에 박힌 칼을 빼내려고 손잡이를

잡는 순간이었다.

"에그머니나!"

계모는 소리를 지르며 뒷걸음칠 수밖에 없었다.

유소저의 시신이 검은 악새로 변하더니 퍼덕이며 방
안을 날아다니기 시작한 것이다. 악새가 계모 앞을 날며
'악, 악, 악'하며 세 번 울었다. 그러자 계모가 그 자리에
쓰러져 죽고 말았다. 악새가 이번에는 두 명의 이복동생
앞에서 '악, 악, 악'하고 세 번 울었다. 그러자 이복동생
들도 그 자리에 쓰러져 죽고 말았다.

이 모습을 바라본 아버지는 어안이 벙벙했다. 순식간
에 가족 모두를 잃어버린 것이다.

유소저의 아버지는 중얼거렸다.

"이제 내가 이 세상에 살아있을 이유가 없구나……."

그리고 그 역시 쓰러진 가족들 옆에서 스스로 세상을 떠나는 길을 택하고 말았다.

한편 유소저의 신랑이었던 도령은 첫날밤에 도망친 이후 학문에 정진하여 과거에 장원급제 했다.

그는 팔도감사가 되어 고향을 찾아왔다.

마침 날이 저물어 그는 어느 외딴 집에 하룻밤 묵고 가도 되느냐고 묻게 되었다. 그런데 그 집은 그 옛날 유소저 유모의 집이었다. 유모가 나와 말했다.

"재워드리고 싶은 마음은 있지만 방이 한 칸뿐이어서……, 불편하지는 않으실지요."

"저희 어머니 같은 분이신데요. 재워만 주신다면 같은 방을 써도 저는 좋습니다."

그렇게 도령과 유모가 단칸방에서 잠을 청하는데 한밤중에 밖에서 소리가 나기 시작했다.

그것은 바로 '악, 악, 악'하는 악새의 울음소리였다. 처음 듣는 새소리에 유모가 방문을 여는 순간 악새가 방안으로 날아 들어왔다. 그러더니 펑 하며 유소저의 모습으로 변하는 것이 아닌가.

"아……, 아가씨!!!"

유모는 유소저를 부둥켜안고 펑펑 울었다. 유소저 역시 눈물을 흘리며 울었다. 유소저의 혼은 감정을 추스른 후 팔도감사에게 그간의 사정을 말했다.

"일이 그렇게 된 것입니다. 저 때문에 아무 영문도 모르는 서방님까지 해를 당하실 뻔했지요. 용서해 주십시오."

"아니오. 나야말로 사정을 모르고 부인을 오해하고 달
아났소."

팔도감사는 유소저에게 함께 잠을 잘 것을 청했다. 그
러나 유소저는 자신의 원한이 풀리고, 다시 살아나게 되
면 그때 함께하겠다고 하며 새로 변해 날아가 버리고 말
았다. 팔도감사는 생각했다.

'원한이 풀리고 다시 살아나면 함께 하겠다는 것이 무
슨 뜻일까?'

그는 자신이 도망친 이후의 사정을 직접 눈으로 본 적이 없었다. 그렇기에 이제라도 직접 확인해야겠다는 생각으로 유소저의 옛집으로 향했고 그 길을 유모도 함께했다. 유모와 팔도감사가 옛날 신방으로 가니 신기하게도 유소저가 여전히 고운 모습으로 누워 있는 것이었다.

유소저의 가슴에는 칼이 꽂혀 있었다.

팔도감사는 생각했다.

'아직 땅에 묻히지도 못했었구나. 이것이 유소저의 원한인가 보구나.'

유모가 유소저의 가슴팍에 꽂힌 칼을 빼내려 했지만 칼은 꼼짝도 하지 않았다. 이번에는 팔도감사가 칼을 잡아 힘을 주었다. 그러자 그제야 칼이 스르륵 뽑히는 것이었다.

그날 밤 팔도감사가 집에 돌아와 잠을 청하는데 다시 악새가 날아와 유소저의 혼으로 변하더니 말했다.

"서방님, 저를 살려주셔요. 살아나서 서방님과 함께

살고 싶습니다."

"내가 어찌해야 죽은 소저가 살아나겠소?"

"저도 어디에 있는지는 알지 못하지만 어느 절간 뒤편에 오색 구슬이 있다 합니다. 그 구슬을 구해다 저의 온몸을 문질러 주시면 상처가 낫고 제가 살아나게 될 것입니다."

"어디에 있는지 모르는 구슬을 찾아야 한다는 말이오?"

"네. 서방님의 진실한 정성만이 저를 살려내실 수 있습니다."

팔도감사는 유소저의 말을 따라 전국의 크고 작은 절을 다 뒤졌다. 그러나 아무리 찾아도 오색 구슬은 보이지 않았다. 그는 포기하고 싶을 때마다 그동안의 유소저의 깊은 한을 생각하며 구슬 찾기를 계속했다.

그렇게 100일째 되던 날, 마침내 감사는 지리산의 작은 암자에서 오색 구슬을 찾고야 말았다.

　팔도감사는 서둘러 유소저가 누워 있는 신방으로 돌
아갔다. 그리고 반짝이는 오색 구슬로 칼이 꽂혀 있던
상처를 제외한 유소저의 온몸을 정성스레 문질러 주었
다. 그리고는 유소저 머리 위에 구슬을 둔 채 옆에 누워
하룻밤을 함께 보냈다.

　다음날 아침 먼저 잠에서 깬 팔도감사가 유소저의 손
을 만져보니 손이 따뜻했다.

　"이 구슬이 정말로 효과가 있구나! 그렇다면……."

　그는 벌떡 일어나 유소저 머리 위의 구슬을 들어 이

번에는 상처 부위를 문질렀다. 그러자 금세 새살이 돋는 것이었다. 그리고 마침내 유소저가 기지개를 켜며 일어났다.

유소저는 자신을 살려준 팔도감사에게 깊은 사랑과 감사를 느꼈으며 둘은 서로를 꼬옥 안았고, 이후 함께 오래도록 행복하게 잘 살았다고 한다.

괴상한 능력의 세 동무

옛날 어느 마을에 세 친구가 살았다. 세 사람은 어릴 적부터 각각 괴상한 능력을 가지고 있었다.

한 친구는 짐승의 말을 알아듣는 능력이 있었고, 한 친구는 음식의 맛을 보면 그 음식에 얽힌 사연을 아는 능력이 있었고, 한 친구는 관상을 기가 막히게 보는 능력이 있었다.

이들은 서로가 가진 괴상한 능력을 두려워하거나 이상하게 여기지 않았다. 서로의 능력을 존중하고 재미있어하여 셋은 돈독한 친구가 될 수 있었다.

하루는 세 친구가 함께 길을 걷고 있을 때였다.

연못 옆 나무 위에 까마귀 한 마리가 앉아 울고 있었다.
두 친구는 별생각 없이 까마귀 소리를 듣고 지나치려는
데 짐승의 말을 알아듣는 친구의 표정이 어두워졌다.

"흠, 까마귀가 말하기를 이 근처에 사람이 죽어 있다
고 그러네."

"뭐라고? 사람이?"

"그래. 주검이 있을 거라고 알려주고 있다네."

"자네 말이라면 맞겠지. 어느 쪽이라나? 우리가 한 번
가 보세."

까마귀가 일러주는 방향으로 세 친구가 가 보니 정말로 그 길가에 한 할아버지가 쓰러져 있었다. 세 친구가 달려가 할아버지의 상태를 확인해 보니 아니나 다를까 이미 세상을 떠난 후였다.

"까마귀 말로는 이 할아버지는 누군가에게 죽임을 당했다고 했다네."

"사고가 아니라 사건이라는 말인가?"

"대체 누가 그런 끔찍한 짓을 벌였다는 것이지?"

"범인이 멀리 도망가지 않고 근처에 있다고 하는데."

세 친구는 범인을 찾기 위해 두리번 두리번거렸다. 그런데 그때 수풀 속에서 웬 남자가 튀어나오며 외쳤다.

"네놈들! 네놈들이 이 사람을 죽였구나!"

놀란 세 친구는 오해를 풀기 위해 애를 썼다.

"아닙니다. 우리는 지금 막 이 현장에 도착했을 뿐입니다."

"우리도 진짜 범인이 누구인지 눈을 씻고 찾던 중입니다."

"무슨 용건으로 이 외딴곳에 찾아온 것이오? 행색을 보아하니 나처럼 나무를 하러 온 것도 아닌 것 같은데!"

"그게, 믿기 어려우시겠지만 제가 짐승의 말을 알아들을 수 있어서 이곳에 와보게 된 것입니다. 까마귀가 말하기를……."

그때 까마귀가 또 울었고, 까마귀의 말을 알아들은 친구는 단번에 이 남자가 진짜 범인인 것을 알았다. 짐승의 말을 알아듣는 친구는 더 말을 잇지 않고 입을 다물었다. 사람을 해친 남자를 앞에 두고 그가 진범이라고 우기면 큰 사고가 날지도 모를 일이었다.

진범인 남자는 뻔뻔하게도 세 친구를 범인으로 몰았다. 그는 세 친구를 신고했고 세 친구는 관아로 불려갔다. 관아에 가서야 친구들은 자신들의 능력을 설명하며 오해를 풀려고 애썼다.

"저희는 어렸을 적부터 괴상한 능력을 하나씩 가지고 있습니다. 저는 관상을 잘 보고, 이 친구는 음식 맛을 잘 보며, 여기 이 친구는 짐승의 말을 알아들을 수 있습니다. 우연히 까마귀의 말을 듣고 따라가다 보니 주검을 발견하게 된 것뿐입니다. 저희는 범인이 아닙니다."

원님은 처음에는 당연하게도 세 친구의 말을 믿지 않았다. 세 친구는 그 길로 감옥에 갇혔다.

하지만 아무리 조사를 해보아도 세 친구와 피해자인 노인 사이에 연결고리가 없는 것이었다. 세 친구가 노인을 해치고 얻을 것이 하나도 없는 상황이었다. 게다가 사건 현장에 머무르다가 관아에 잡혀오는 범인들이라니 그 점도 이상했다. 결국 원님은 세 친구의 말이 진실인지 알아보기로 했다.

꼼짝없이 감옥에 갇혀 있던 세 친구는 원님의 명으로 다시 마당으로 나와 무릎을 꿇고 앉았다. 그러자 포졸들이 그들의 앞에 제비 한 마리를 내려놓았다.

"자. 저 제비가 지금 뭐라고 말하는가?"

원님의 질문에 관상을 보는 친구와 음식 맛을 보는 친

구는 눈만 꿈뻑거렸다. 그러자 짐승의 말을 알아듣는 친구가 대답했다.

"네. 저 제비가 말하기를, 자기 새끼는 아직 너무 작아서 잡아먹지도 못하는데 왜 새끼를 잡아갔느냐고, 새끼를 돌려달라고 합니다."

원님과 포졸들은 모두 깜짝 놀랐다. 그들은 세 친구를 시험해 보기 위해 일부러 제비의 새끼를 감추었던 것이다.

"거짓을 고한 것이 아니었단 말이냐……, 흐음……."

원님은 우선 그들을 감옥이 아닌 방에 다시 가두었다. 그러더니 이번에는 소박하지만 그럴싸한 술상을 차려 주는 것이었다.

"자. 여기 있는 음식을 먹어 보고 알 수 있는 점이 있다면 무엇이든 말해보거라."

관상을 보는 친구와 짐승의 말을 알아듣는 친구는 허겁지겁 안주를 먹고 술을 마셨다. 그때 음식의 맛을 잘 보는 친구가 술을 마시다 말고 여러 번 입맛을 다시더니 말했다.

"이 술에서 이상한 냄새가 납니다."

그는 술을 한 잔 더 마시더니 확신한 듯 말했다.

"이 술은 맛은 좋지만……, 무덤의 냄새가 납니다. 정확히는 묘를 둘러싼 담인 곡장 냄새가 나는군요."

이 말을 들은 원님은 다시 한번 놀라고 말았다. 사실 그 술을 만든 누룩은 공동묘지를 밭으로 일군 밀밭에서 온 것이었기 때문이다. 먹고살기 힘들어하던 한 상인이 묫자리에 밀을 심어 누룩을 띄워 만든 술을 가져온 것인데 음식의 맛을 본다는 친구가 정확히 알아챈 것이다.

원님은 마지막으로 관상을 본다는 친구에게 물었다.

"자네들의 말이 허풍이 아니었던 것 같군. 그렇다면 내 마지막으로 묻겠네. 내 관상을 한 번 보고 내가 모르는 비밀이 있다면 말해 주겠나?"

관상을 잘 보는 친구는 원님을 골똘히 바라보더니 잠시 머뭇거리다 말했다.

"에, 그것이……, 원님은 출생의 비밀이 있으시군요."

"출생의 비밀이라니?"

"원님의 아버지는 백정이었습니다."

"뭐? 내가 백정의 자식이라고?"

원님은 관상을 잘 보는 친구의 말에 당황스러워 화부터 버럭 내고 말았다. 기껏해야 자신이 어렸을 적 남몰래 쳤던 사고 이야기나 들을까 하였는데 갑자기 백정의 자식이라고 하니 기가 막혔다.

원님은 그 길로 바로 모친에게로 갔다. 그리고 혹여나 자신에게 출생의 비밀이 있느냐 캐물었다.

어머니는 한참을 망설이다 대답했는데 그 대답이 과연 충격적이었다. 원님의 어머니가 이웃집에서 푸줏간을 하는 남자와 정을 통해 낳은 아기가 바로 원님 자신이라는 것이었다. 평생 아버지가 없다고만 알고 살았는데 정말로 자신이 백정의 자식이었던 것이다. 이제 다시 관아로 돌아온 원님은 세 친구를 풀어줄 수밖에 없었다.

범인이 아닌 세 친구를 잡아 두었으니 오히려 사과를 해야 할 판이었다. 원님은 세 친구에게 사과하며 그렇다면 진범이 누구인지 아느냐 물었다. 그러자 짐승의 말을 알아듣는 친구가 말하기를 사건 현장 목격자들의 말을 더 들어보면 알 것도 같다 하였다. 그리하여 세 친구와 관아의 포졸들은 사건 현장을 다시 찾았다. 그리고 짐승의 말을 알아듣는 친구는 새들의 말을 통해 자신들을 고발한 남자가 진범임을 다시 한번 확신했다.

그는 노인의 먼 친척 조카였는데 노인의 얼마 되지 않는 재산을 노리고 다투다 우발적으로 사건을 벌인 것이었다. 세 친구 덕에 마을은 의문의 살인사건을 해결하게 되어 다시 평화가 찾아왔다. 그리고 세 친구 역시 자신들의 재주로 위기에서 살아나올 수 있었음을 다행이라 여겼다. 그리고 세 명이 함께였기에 서로의 능력으로 돕고 도와 살아날 수 있었다고 하며 이후로도 돈독한 우정을 나누며 살았다고 한다.

말하는 거북이와 효자

옛날 어느 마을에 노모를 모시고 사는 작은아들이 있었다.

보통은 큰아들이 부모를 모시는 경우가 많았는데 이 경우는 큰아들이 동생에게 떠넘겨 버리는 바람에 작은아들이 노모를 모시게 된 것이다. 큰 아들은 부모의 재산을 자신이 몽땅 차지하면서도 부모를 모시는 책임에는 관심이 없었다.

동생이 보니 형은 노모가 밥 먹는 것도 아까워하는 것이었다. 그런 형에게 차마 노모를 맡겨둘 수 없어 동생이 노모를 모시기로 하였지만 실은 동생의 형편도 워낙 어려워 살림살이가 편하지 않았다.

"어머님이 날이 갈수록 입맛이 없다고 하시고 많이 못 드시네. 내가 맛있는 음식을 대접해 드려야 다시 건강해지실 텐데……."

작은 아들은 노모를 모시는 것을 힘들어 하기는커녕, 늘 노모에게 더 해주지 못하는 어려운 형편을 아쉬워했다. 마음 같아서는 자신이 먹을 음식도 다 노모에게 드리고 싶은 효심이었다. 하루는 작은 아들이 땔감 거리를 구하기 위해 산에 갔다.

마침 설을 앞둔 어느 겨울날이었다.

"곧 대명절인데, 명절날 만이라도 밥상에 맛있는 고기와 음식을 올릴 수 있다면 얼마나 좋을까……."

날은 춥고 땔감거리는 많이 보이지 않아 답답한 마음에 작은 아들이 토해내듯 큰 소리로 말했다.

"명절만이라도 우리 어머님 맛있는 음식 대접해 드리

고 싶구나."

그런데 맞은편에서 아들의 말을 그대로 따라 하는 목소리가 들리는 것이었다.

"명절만이라도 우리 어머님 맛있는 음식 대접해 드리고 싶구나."

깜짝 놀란 그가 맞은편을 바라보니 아무도 없었다. 다만 거북이 한 마리가 껌뻑껌뻑 눈을 깜빡이며 그를 바라보고 있었다.

"방금 말한 게 혹시 너냐?"

"방금 말한 게 혹시 너냐?"

아들이 혹시나 해서 해본 말을 거북이는 그대로 따라했다. 사람 말을 따라 하는 거북이라니 신기하지 않을 수 없었다. 그가 거북이를 잡으려 하자 거북이는 순순히 그의 손에 몸을 맡겼다.

아들은 그 길로 거북이를 장에 데려갔다.

"말하는 거북이 사시오."

"말하는 거북이 사시오."

시장 사람들은 사람 말을 따라 하는 거북이에 한눈에 시선을 빼앗겼고 아들은 몹시 비싼 값에 거북이를 팔 수 있었다. 아들은 그 돈으로 맛있는 음식을 사서 설 명절을 풍족하게 지낼 수 있었던 것은 물론, 그야말로 팔자가 바뀌게 되었다.

한편 동생이 갑자기 부자가 되었다는 소식을 들은 형은 가만히 있을 수가 없었다. 그는 동생을 찾아와 도대체 무슨 수로 갑자기 벼락부자가 되었느냐 캐물었고, 동생은 자신이 만난 말하는 거북이 이야기를 해 주었다.

형은 다음날 곧바로 지게를 매고 산으로 갔다. 그리고 나무를 하며 큰 소리로 외쳤다.

"사랑하는 부모님을 모시려는데 돈이 없어 큰일이구나!"

그러자 정말 동생의 말대로 맞은편에서 의문의 목소리가 그의 말을 따라 하는 것이었다.

"사랑하는 부모님을 모시려는데 돈이 없어 큰일이구나!"

큰 아들이 살펴보니 맞은편에는 과연, 거북이 한 마리가 있었다. 그는 신이 나서 거북이를 들고는 바로 시장으로 갔다.

"신비하기 그지없는 말하는 거북이요! 말하는 거북이 보고 가시오!"

사람들은 금세 큰 아들 주변으로 몰려들었다. 그러고는 정말로 말하는 거북이가 맞는지 말을 시켜보라고 했다.

"아 그럼요! 자, 말해보자 거북아. 나는 거북이입니다."

"……."

그러나 거북이는 아무 말도 하지 않았다.

"어라? 요 녀석이 왜 입을 다물고 그래? 얼른 말해 보라니까. 나는 거북이입니다. 어서!"

"......"

형이 아무리 다그치고 달래도 거북이는 입을 열 생각을 하지 않았다. 사람들은 하마터면 사기당할 뻔했다며 고개를 저으며 발길을 돌렸다.

형은 잔뜩 화가 났다.

"이 요망한 거북이 녀석이 사람을 바보로 만들어?"

그는 옆에 있던 막대기를 들어 거북이에게 마구 휘둘렀다. 가여운 거북이는 막대기에 맞아 그만 명을 다하고 말았다.

형이 죽은 거북이를 들고 동생에게 찾아가 외쳤다.

"이 괘씸한 놈. 너 때문에 내가 장에서 아주 바보 사기꾼 취급을 받았다! 말하는 거북이, 그딴 것은 없는 것이지? 네놈이 무슨 수를 써서 처음에 나를 속였는지 몰라도 다시 한번 더 이따위 짓을 했다가는 너도 가만두지 않을 줄 알아!"

형은 씩씩대며 거북이를 마당에 버린 채 자기 집으로 돌아갔다. 동생은 가엾게 죽은 거북이를 안아 올렸다.

"흑흑, 거북아 미안하다. 다 내 잘못인 것만 같구나."

자신이 형에게 말하는 거북이에 관한 이야기를 하지만 않았어도 가여운 거북이가 맞아죽지 않았을 것이라 생각한 동생은 몹시 마음이 아팠다.

그는 자기 집 부엌 뒤편에 거북이를 묻어 주었다.

"평안히 잠들렴……."

그런데 뜻밖의 일이 벌어졌다.

동생이 거북이를 묻은 곳에 싹이 돋아나기 시작한 것이다. 동생이 혹시나 해서 물을 주며 가꾸니, 이 싹은 금세 굵은 죽순이 되었다. 그리고 거대한 대나무로 자라더니 가지, 가지마다 금은보화가 열리는 것이었다. 따고 또 따도 수없이 금은보화가 열리니 동생은 그야말로 큰 부자가 되지 않을 수 없었다.

　동생이 전보다 더 큰 부자가 되었다는 말을 들은 형은 또다시 동생의 집을 찾아와 비밀을 털어놓으라며 행패를 부렸다. 형의 괴롭힘에 견디지 못한 동생이 그때의 그 거북이를 묻은 곳에서 대나무가 자란 것이 비결이라고 답했다.

　"그래? 그 거북이는 애초에 내 거북이였잖아. 이제라도 내가 다시 가져가도 괜찮겠지 동생아?"

　형은 대나무 뿌리 쪽 땅을 파헤쳐서 아직 형체가 희미하게 남은 거북이의 유해를 가져갔다. 그러고는 자신의 뒤뜰에 묻고 기다렸다.

"흐흐, 금은보화야 열려라, 열려!"

시간이 지나자 거북이를 묻은 자리에서는 죽순이 돋아났다. 그리고 커다란 대나무로 자라기 시작했다.

그런데 놀라운 일이 벌어졌다.

생기 넘치던 죽순이 한순간 메마르더니 죽어버린 것이다. 그러더니 대나무 속에서 뱀과 구렁이가 잔뜩 쏟아져 나왔다.

"아이고, 이게 뭐야?! 으악!"

뱀과 구렁이는 끝도 없이 쏟아져 나와 형의 온 집을 가득 채우게 되었다. 형은 허겁지겁 집 밖으로 도망쳐 나왔지만 뱀과 구렁이는 그를 쫓았다.

결국 형은 자신을 쫓아오던 독사 한 마리에 물렸고 곧 세상을 떠나고 말았다. 형의 비극적인 이야기를 듣게 된 동생은 형의 장례를 치러주며 그의 명복을 빌었다.

동생이 형의 집에 찾아갔을 때에는 뱀도 구렁이도 보이지 않고 그저 말라죽은 대나무만 있을 뿐이었다. 그는 땅속에서 거북이 유해를 꺼내 깊은 산속에 다시 정성껏 묻어주었다.

"네 덕분에 이미 너무나 많은 재산을 얻었으니, 이제 너는 영혼이나마 이 넓은 산에서 자유롭게 살거라."

이후로도 동생은 거북이 덕에 얻게 된 재산으로 노모를 모시고 가족들과 행복하게 사는 것은 물론 주변의 어려운 사람들을 기꺼이 돕는 삶을 살았다고 한다.

도둑질 잘 하는 며느리

옛날 어느 마을에 한 처녀가 살았다.

처녀는 타고나기를 손버릇이 나빠 도둑질을 일삼았는데 워낙 훔치는 솜씨가 뛰어나고 임기응변에도 능해 들키지 않았다. 그런 그녀도 나이가 들어감에 따라 양심의 가책을 느끼게 되었고 자연히 도둑질을 줄이게 됐다. 그리고 어느덧 시집갈 나이가 되어 시집을 가게 되었다.

"부끄러운 과거는 덮어두고 새 출발을 해야지."

그러나 처녀의 다짐은 이루어지지 못했다. 처녀가 시집가게 된 시댁은 몹시 가난한 집이었다.

시부모는 그녀의 나쁜 손버릇에 대해 이미 알고 있었는데, 나무라기는커녕 도리어 넌지시 좀도둑질을 종용하는 것이었다.

이에 며느리가 슬며시 자그마한 물건들을 훔쳐다 집안 한 곳에 눈에 잘 띄도록 두어 보았다. 역시나 시부모는 처음 보는 물건의 출처를 따지기는커녕 물건이 생겼음에 기뻐하는 것이었다.

"아이구, 복덩어리 며느리가 들어왔는지 살림살이가 날이 갈수록 좋아지는구나~"

가족들은 도둑질을 했다고 핀잔을 하는 대신 날이 갈수록 며느리를 치켜세웠다. 그러자 며느리 역시 마음속에 변화가 생기기 시작했다.

'어쩌면 도둑질은 나쁘기만 한 것은 아니지 않을까? 있는 집이야 물건 좀 없어진다고 크게 타격받는 것도 아니고. 우리 가족들은 물건 하나 생긴 것으로 저렇게나 기뻐하는데 말이야.'

처음에는 마을에서 작은 물건들을 소소하게 훔치기

시작한 며느리는 점점 양심의 가책도 잊게 되고 자신의
도둑질 실력에 자만하게 되었다.

그리하여 그녀는 이번에는 작은 물건이 아닌 송아지
한 마리를 훔치게 되었다. 송아지는 농가에서는 큰 재산
이었기에 없어지면 바로 알아챌 일이었지만 며느리는
개의치 않았다.

그녀는 이웃 마을 농가에서 송아지를 훔쳐 와서는 자
기 집에 묶어 놓았다.

"이제 너는 우리 집 송아지이니 우리 집에서 살자꾸나."

"음메~ 음메~"

갑자기 어미소와 떨어져 어리둥절한 송아지가 울었다. 이웃 사람들은 송아지 소리를 듣고는 집안 형편이 점점 좋아져 마침내 송아지까지 샀나 보다 하고 부러워했다. 당연하게도 옆 마을 농가에서는 송아지가 없어진 것을 금세 알아차렸다.

송아지 주인은 며느리가 사는 마을까지 와서 이집 저집에 잃어버린 송아지의 행방을 물었다. 며느리의 집은 마을 깊숙한 곳에 자리해 있었는데 어느덧 송아지 주인이 며느리의 집 근처까지 왔다.

며느리는 이웃 주민들이 누군가 송아지를 찾아다닌다고 떠드는 것을 진작 들었다. 그래서 송아지 주인이 오기 전부터 준비를 하고 있었다.

곧 송아지 주인이 집에 찾아와 물었다.

"계십니까? 옆 마을에서 왔습니다. 혹시 송아지 한 마리 못 보셨습니까?"

그러자 등에 아기를 업고 방아를 찧던 며느리가 그를 바라보았다.

"송아지요? 글쎄요……. 옆 마을에서 잃어버린 송아지를 이 먼 곳까지 찾으러 오신 것인가요? 수고가 많으시네요."

송아지 주인은 마지막 집에서도 송아지를 찾지 못하자 결국 포기하고 집으로 돌아갔다.

송아지 주인이 가고 나자 가족들이 후다닥 마당으로 나왔다.

"아이고, 심장 떨려라! 들키는 줄로만 알았구나."

"진짜 솜씨가 좋은 도둑은 훔친 후에 절대 들키지 않는 법이지요."

며느리가 씩 웃으며 등에 업고 있던 아기 보자기를 걷자 보자기 안에 송아지가 있었다. 며느리는 송아지를 아기인 척 업고 방아를 찧고 있었던 것이다.

"그 송아지가 울기라도 했으면 단번에 들켰을 것인데. 어찌 한 번도 소리를 내지 않았단 말이냐? 신통방통하네."

"송아지도 경지를 넘어선 제 도둑질은 인정해 주는

모양입니다.”

물건도 아닌 송아지를 훔치고도 별일 없이 지나가자 이제 며느리는 기고만장해졌다. 동네에서는 티가 잘 나지 않는 작고 값싼 물건들만 훔치겠다던 생각도 바뀌었다. 이제는 옆집, 앞집, 뒷집 가리지 않고 물건에 손을 대기 시작했다.

하루는 며느리가 명주베 스무 필을 손에 들고 집으로 서둘러 들어오며 말했다.

“아버님. 이 명주베는 여기 옆 황부자 집에서 훔쳐 온 것입니다. 거리가 가까우니 금방 들킬 수 있어요. 명주베를 숨길 곳이 필요한 데 어디가 좋을까요?”

시아버지는 며느리의 말에 우왕좌왕했다.

“장, 장롱에 넣을까? 아니야, 장롱은 장롱 문을 열기만 하면 바로 들통날 텐데. 베개? 베개 밑에? 이불 속에? 아니 이것도 아니지. 아이고. 이 초가집에 숨길 마땅한 곳이 어디가 있나 그래.”

며느리는 어쩔 줄 모르는 시아버지에게서 시선을 거두어 시어머니에게 외쳤다.

"어머님. 양푼 제일 큰 것으로 하나 가져다주셔요!"

며느리는 부엌으로 갔다. 그리고 명주베를 물에 흠뻑 적신 후 양푼 안에 넣었다. 그리고 그 위에 밥을 차곡차곡 쌓았다.

순식간에 양푼은 밥이 가득 담긴 양푼 그릇으로 보이게 되었다. 며느리의 예상대로 얼마 지나지 않아 황부자네 하인들이 며느리네 집에 들이닥쳤다.

며느리네 집의 자잘한 살림살이들도 좋아지고 얼마 전에는 송아지도 생겼다고 하니 황부자 쪽 입장에서는 충분히 도둑으로 의심할 만했다.

　　황부자 쪽 사람들은 집의 안과 밖을 샅샅이 뒤지며 수색했다. 장롱도 열고 베개와 이불도 뒤지고 장독도 다 열어 보았다. 그러나 이들은 설마 밥이 담긴 양푼 그릇 아래에 명주베가 깔려 있을 것이라고는 생각지 못했다. 설마 먹는 음식 아래에 귀한 명주베를 감추어 두었으리라고는 상상도 못한 것이다. 결국 이들은 아무런 단서도 찾지 못한 채 되돌아갈 수밖에 없었다.

며느리는 더더욱 기세가 등등해졌다.

"호호. 예술의 경지에 오른 도둑질은 하늘도 돕나 봅니다. 이제 우리 가족이 잘 먹고 잘 살 일만 남았어요."

그런데 이후로 뜻밖의 일들이 차례차례 벌어졌다.

며느리가 임신을 하여 첫째 아이를 낳았는데 큰 아이의 손가락이 하나 없는 것이었다. 둘째 아이를 임신해 낳았는데 이번에는 절름발이였다.

셋째 아이를 임신한 며느리는 너무나 걱정스러웠다.

태어나는 자녀들마다 장애를 가지고 있으니 곧 태어날 셋째에게도 문제가 있지 않을까 두려웠다. 그리하여 며느리와 시어머니는 걱정스러운 마음에 점을 쳐보게 되었다. 그리고 그 점괘를 본 그들은 말을 잃고 말았다.

점괘가 말하기를, 현재 며느리와 가족들이 받고 있는 고통은 과거에 다른 사람의 마음을 아프게 하여 되돌아오는 죗값이라는 것이었다.

"내가……, 내가 도둑질을 한 탓으로 그 벌을 나의 아이들이 받은 게로구나……."

그제야 며느리는 자신의 도둑질이 다른 사람들을 괴롭게 한 행동이라는 것을 깨닫게 되었다. 무뎌져 있던 그녀의 양심이 되살아난 것이다.

"셋째에게도 무언가 문제가 있을 수 있겠지. 하지만 그것도 내가 받을 벌이니 달게 받겠다. 신체가 아픈 내 아이들에게 끝없는 사랑을 주며 이 아이들에게 부끄럽지 않은 어머니로 살아갈 테야."

그녀는 그날로 도둑질에서 손을 털었다. 그리고 남은 날은 지난 과오를 속죄하며 다른 사람들을 도우며 살리라 다짐하며 정직하고 성실하게 살았다고 한다.

호랑이가 준
선물

옛날 어느 마을에 한 가난한 청년이 살았다. 청년은
얼마나 가난했는지 요강을 살 돈도 없어서 소변을 아무
곳에나 보았다. 특히 그는 밤에 잠을 자다가 소변이 마
려울 때면 나와서 부엌 한편에 소변을 보고 다시 들어가
곤 했다. 그렇다 보니 부엌에서는 당연히 좋지 않은 냄
새가 났다. 부엌을 관장하는 신인 조왕신은 그런 청년의
행동이 괘씸했다.

"저놈이 수시로 신성한 부엌에 소변을 봐대니 냄새가
나서 못 살겠군!"

　　화가 난 조왕신은 산신령에게 이 일을 말하며 청년을
벌해달라고 했다. 산신령은 호랑이 한 마리를 산 밑 청
년의 집으로 내려보냈다.

　　호랑이가 청년의 집 근처에서 슬며시 관찰하고 있으
니 곧 청년이 몸을 오들오들 떨며 방문을 열고 마당으로
나왔다. 그리고 마당에 소변을 보더니 이렇게 말했다.

　　"아이고 추워라……. 그래도 나는 비록 낡았어도 이렇
게 집이라도 있지. 저기 산속 호랑이님은 얼마나 추우실
까? 어흐 추워, 얼른 들어가자."

　　호랑이는 전혀 생각지도 못한 말에 깜짝 놀랐다. 본

적도 없는 호랑이를 호랑이님이라 부르며 걱정하는 청
년을 차마 잡아먹을 수가 없었다.

호랑이는 다시 돌아가 산신령에게 말했다.

"제가 가보니 마음씨가 착한 청년이었습니다. 일부러
신을 모욕하려고 아무 데나 소변을 보는 것이 아니었습
니다. 그저 요강을 살 돈도 없이 가난한 자였습니다. 산
에 사는 우리 호랑이들이 추위에 떨까 봐 걱정하는 마음
이 따뜻한 사람이었습니다."

호랑이의 말을 들은 산신령은 청년에게 벌 대신 선물
을 내려주기로 했다. 호랑이는 자신의 털 중 유독 은빛
으로 빛나는 털 한 가닥을 뽑았다. 은빛 털은 금세 침처
럼 변했고 호랑이는 그것을 나무 사이에 두었다.

이튿날 청년이 나무를 하러 산에 올라갔는데 나무를
하던 중 무언가 반짝이는 것을 발견했다.

"아니, 웬 은침이지?"

총각이 발견한 은침은 보통 은침이 아니었다.

우연히 배가 아프다는 사람에게 총각이 이 은침을 찔
러주니 씻은 듯이 낫는 것이었다. 총각은 침술을 배운
적도 없었는데 아프다는 곳에 은침을 찌르기만 하면 다
나았다.

부스럼이 났다고 찾아오는 환자는 부스럼에 놓아주고 머리가 아프다고 찾아오는 환자는 머리에 놓아주었다. 다리가 아프다고 오는 환자는 다리에 침을 놓아주니 모든 환자들이 언제 아팠냐는 듯 낫는 것이었다.

그러니 마을에는 순식간에 용한 침쟁이가 있다고 소문이 났고 청년은 유명 인사가 되었다. 청년은 신비하고 소중한 은침을 자나 깨나 늘 몸에 지니고 다녔다.

하루는 청년이 잠을 자고 있었는데 정신을 차려보니 자신이 호랑이 등 위에 있었다.

'헉! 이게 무슨 일이냐?!'

너무 놀란 청년은 소리도 내지 못하고 생각했다.

'세상에. 내가 자다가 호랑이에게 잡혀가 죽을 팔자였구나.'

그런데 호랑이는 청년을 어느 굴 앞에 데려가 내려놓더니 잡아먹는 대신 굴속으로 들어갔다. 그러더니 굴 안에서 다섯 마리의 호랑이 새끼들을 데리고 나오는 것이었다. 호랑이는 청년의 앞쪽으로 호랑이 새끼들을 밀어 놓았다. 청년이 이게 무슨 일인가 싶어 얼떨떨해하고 있는데 가만 보니 호랑이 새끼들의 몸이 온통 부스럼 천지인 것이 아닌가.

"아하……, 내가 용한 침쟁이라는 소문을 듣고 나를 데려온 것이로구나!"

청년은 주머니에서 은침을 꺼내 새끼들의 몸 구석구석 부스럼 난 곳에 침을 놓아주었다. 다섯 마리의 새끼에게 침을 다 놓자 청년을 데려왔던 호랑이는 도로 청년을 등에 올려 집으로 데려다주었다.

다음 날 아침이 되어 청년이 문 앞에 나와보니 금은보화가 수북하게 쌓여 있었다. 호랑이가 자신의 새끼들을 살려준 보답으로 물어다 놓은 것이리라. 청년은 금은보화 덕분에 낡은 집을 떠나 새 집으로 이사를 할 수 있었고 이 소문은 또 금세 퍼지게 되었다.

마침 임금의 어린 아들인 왕세자가 정수리에 난 부스럼으로 고생을 하고 있었다. 청년의 소문은 과장되고, 과장되어 궁궐까지 들어가게 되었는데 청년이 침도 잘 놓고 약도 잘 짓는 명의라는 것이었다. 그리하여 청년은 왕세자의 부스럼을 고칠 침과 약을 준비해오라는 명을 받게 되었다.

"이것 참 큰일이구나. 나는 그저 이 은침을 대충 찌를 줄만 알지 침술은 전혀 모르는데……, 거기다 약까지 준비해 오라니 어찌하면 좋을까?"

궁궐에 들어가야 하는 날이 다가오자 청년은 그럴싸해 보이게 무엇이라도 준비할 수밖에 없었다. 그는 얼른 부엌 밥솥으로 가서 밥을 한 숟갈 듬뿍 떴다. 밥 덩어리를 한참 손으로 조물조물하니 찐득한 연고처럼 보였다. 그리하여 청년은 은침과 종이에 싼 밥 덩어리를 가지고 궁궐에 들어가 왕세자를 진료하게 되었다.

지금까지는 문제가 있어 보이는 곳에 아무렇게나 침을 놓으면 증상이 좋아졌기 때문에 청년은 이번에도 그렇지 않을까 생각했다. 그러나 이번에는 평소와 달리 보는 눈이 워낙 많았으므로 그럴싸하게 보이는 것도 중요했다. 또 하필 이번에만 침의 효능이 들지 않으면 어쩌나 긴장하기도 한 채 청년은 왕세자의 머리 이곳저곳에 꼼꼼히 침을 놓았다.

"흠흠, 이제 약을 바르겠사옵니다."

　청년은 연고처럼 보이는 밥 덩어리를 꺼내서 연고 바르듯 침을 찌른 부위마다 찐득하게 발랐다. 궁궐의 의원들은 그 모습을 처음부터 끝까지 유심히 살펴보았고 청년의 가슴은 긴장감으로 떨렸다. 그러나 걱정이 무색하게도 청년이 왕세자에게 은침을 놓은 지 사흘이 지나자 왕세자의 부스럼은 씻은 듯이 나았다.

　임금은 몹시 기뻐하며 청년에게 엄청난 금액의 사례를 하겠노라 했다. 궁을 나오는 청년은 긴장이 풀리며 안도의 한숨을 내쉬었다.

　"별 볼 일 없던 내가 무슨 복이 있어 이런 귀한 은침을 얻고 이것으로 부자도 되는 것일까.”

청년이 이렇게 되뇌는 사이 청년의 앞에는 그새 병으로 고생하는 사람들이 모여들었다. 왕세자의 병까지 고쳤다는 소문이 났으니 청년은 더더욱 유명해진 것이다.

“내게 주어진 이 복을 많은 이들을 위해 나누어 써야지. 암!”

그리하여 청년은 자신을 찾는 환자들은 단 한 명도 외면하지 않고 침을 놓아 치료해 주었고 그 뒤로도 최고의 의원이라는 칭송을 들으며 살게 되었다고 한다.

구렁이의 보은

옛날 어느 산골마을에 아내와 둘이 살고 있는 농부가 있었다. 농부와 아내 사이에는 오랫동안 아이가 없었는데 드디어 농부의 아내가 임신을 하게 되었다.

그토록 기다리던 임신 소식이었지만 농부는 여전히 걱정이 많았다. 아내가 임신을 한 이후로 계속 건강 상태가 좋지 않았기 때문이다. 어디가 어떻게 탈이 났는지는 몰라도 그녀는 음식도 잘 먹지 못하고 앓아누워 있었다. 농부는 아내와 뱃속의 아이가 잘못될까 걱정이 이만저만이 아니었다.

그런데 농부에게 한 가지 더 걱정거리가 생겼다.

농부는 닭 한 마리를 키우고 있었는데 어느 날부터 닭이 낳는 알이 자꾸만 사라지는 것이었다.

'이 산골까지 달걀 하나 훔치려고 들어오는 도둑이 있단 말인가?'

하루는 농부가 새벽 일찍부터 일어나 닭장 옆에 숨어 살펴보았다. 한참 기다리자 닭이 알을 낳으며 우렁차게 울었다. 평소 같았으면 자신은 닭 울음소리에 잠을 깨고 한참 후 느긋하게 나와 달걀을 살펴볼 터였다. 그러나 오늘은 달걀 도둑의 정체를 알아내려고 눈을 부릅 뜨고 보고 있었다. 닭이 알을 낳고 얼마 되지 않아 달걀 도둑이 형체를 드러냈다.

그것은 바로 구렁이였다.

구렁이는 처마에서 쓱 나오더니 달걀 쪽으로 기어갔다. 그러더니 달걀을 입에 가져가 껍질째로 꿀꺽 삼키는 것이었다. 구렁이의 몸에 커다란 달걀의 형체가 그대로 나타났다.

　구렁이는 이번에는 처마 밑의 나무 기둥을 둘둘 감았
다. 그러더니 압력을 이용해서 몸 안의 달걀을 깨는 것
이었다. 구렁이가 도로 처마 밑으로 들어가는 것을 모두
지켜본 농부는 아내에게 가서 말했다.

　"달걀 도둑이 다름 아닌 구렁이였지 뭐요? 어찌나 영
리한지 달걀을 통째로 삼킨 후에 기둥을 이용해서 깨어
먹더라니까."

　"그렇군요. 정말 영리하네요. 신기해요."

　"당신 줄 달걀을 엉뚱한 구렁이가 깨어 먹으니 가만
둘 수 없지. 그 녀석을 어떻게 쫓아내야 할지 참."

"그냥 두셔요. 어차피 저는 소화가 잘 안되어서 달걀을 먹지도 못하겠는걸요."

"아직도 속이 많이 안 좋소? 아무리 그래도 잘 먹어야 당신도 아이도 건강할 텐데……."

농부는 제대로 먹지 못해 핼쑥한 아내가 걱정됐다.

아내는 괜찮다고 했지만 자신이 줄 수 있는 유일한 영양식이나 다름없는 달걀을 계속해서 구렁이에게 내어 줄 수는 없는 노릇이었다. 그래서 한 가지 꾀를 내었다.

그는 참나무를 구해와서 그것을 달걀 모양으로 깎았다. 달걀과 꼭 같은 모양으로 매끈하게 잘 깎으니 얼핏 보면 진짜 달걀과 다를 바가 없었다. 그는 새벽에 닭장 옆에 숨어서 닭이 알을 낳기만을 기다렸다가 닭이 알을 낳자마자 달걀과 참나무 알을 바꿔치기했다.

그는 갓 세상에 나와 따끈따끈한 달걀을 손에 쥔 채로 헐레벌떡 뛰어 헛간 뒤에 숨어 지켜보았다. 아니나 다를까 처마 밑에서 구렁이가 스르륵 기어 나왔다. 기둥을 타고 내려와 기어 온 구렁이는 참나무 알에 다가왔다. 그리고 입을 쩌억 벌려 참나무 알을 꿀떡 삼켰다.

그러고는 기둥을 감고 올라가기 전 자신의 몸을 기둥에 딱 붙여 뱃속의 알을 깨뜨리려 했다. 하지만 구렁이가 삼킨 것은 진짜 달걀이 아닌 농부가 깎아 만든 참나무 알이었다.

단단한 나무 알이 깨질 리가 없었다. 구렁이는 한참을 기둥에 몸을 비비더니 이내 스르륵 몸을 풀었다.

구렁이의 배는 여전히 불룩했다.

'녀석, 이제 네놈이 어쩔 것이냐? 그러게, 아내 줄 귀한 달걀을 왜 매일 훔쳐먹어 훔쳐먹길? 참나무 알 때문에 죽게 되더라도 네 업보려니 하거라.'

그런데 구렁이는 이번에는 기둥을 타고 올라가 처마 속으로 들어가는 대신 마당으로 도로 내려오는 것이었다. 그러더니 마당 뒤의 한편으로 스르륵 기어갔다.

농부는 궁금해서 자리를 옮겨 계속해서 구렁이를 몰래 지켜보았다. 구렁이는 눈에 잘 띄지 않는 집 구석의

풀숲 쪽으로 향했다. 그러더니 풀을 뜯어 먹기 시작하는
것이었다.

　농부는 깜짝 놀랐다. 구렁이가 풀을 먹는다는 말을 들
어본 적이 없었기 때문이다. 구렁이는 풀을 한참 뜯어
먹더니 이번에는 마당 한편의 나무 밑둥으로 향했다. 나
무 밑둥은 처마 아래 기둥보다 굵은 두께였다. 구렁이는
나무 밑둥을 휘감았다. 구렁이가 한 바퀴하고도 반 정도
감을 수 있는 굵기의 기둥이었다. 그리고 구렁이가 몸을
꽉 조이자 이게 웬일인가. 구렁이의 입에서 참나무 알이
튀어나온 것이었다. 구렁이는 참나무 알을 뱉어낸 후 다

시 처마 밑으로 사라졌다. 농부는 구렁이가 사라진 풀숲에 가서 구렁이가 뜯어먹은 풀을 살펴보았다. 농부는 분명 구렁이가 이 풀을 뜯어 먹고 참나무 알을 토해내는 것을 두 눈으로 똑똑히 보았다.

"어쩌면 이 풀로 아내의 소화불량도 고칠 수 있지 않을까?"

농부는 구렁이가 먹은 풀을 한 움큼 뜯었다. 그리고 풀을 절구에 찧어 즙을 내 아내에게 먹이기 시작했다.

농부가 아내에게 그 즙을 먹인지 사흘째가 되자 아내의 소화불량이 눈에 띄게 좋아지기 시작했다. 그러더니 음식을 잘 먹고 소화도 잘 시켜 언제 그랬냐는 듯 훌훌 털고 일어나게 된 것이다.

농부가 너무 기뻐 아내에게 풀에 관해 이야기했다.

"죽을 뻔한 구렁이를 이 풀이 구해주더니, 이번에는 당신도 구해주었구려!"

아내 역시 기뻐하며 말했다.

"구렁이 덕에 제가 살았군요. 고마운 구렁이이니 이제 골탕 먹일 생각 마시고 달걀을 하나씩 나누어주도록 하는 게 어떻겠어요?"

농부는 아내의 말대로 구렁이와 달걀을 나누기로 했다. 그래서 다음날부터 하루는 자신이 달걀을 바로 가지고 와 아내와 먹고, 하루는 달걀을 그대로 두어 구렁이가 먹도록 했다.

시간이 흘러 수확철이 다가오고 있었다. 하지만 농부는 걱정이 태산이었다. 올해는 유난히 쥐가 많아 밭의 곡식이 남아나지 않을 것이 뻔했기 때문이다. 쥐들은 수수대를 타고 올라가 수수 이삭을 야금야금 따 먹어치웠다.

'저렇게 많은 쥐들을 다 어떻게 처리한담. 날쌔기는 또 얼마나 날쌘지⋯⋯, 올해는 농사를 완전히 공치게 생겼구나.'

농사로 먹고사는 농부였기에 쥐 떼는 골칫거리가 아닐 수 없었다.

곧 아기도 태어날 예정인데 이러다가 내다 팔기는커녕 처자식 먹일 곡식도 남지 않을 지경이었다. 그런데 하루는 농부가 밭을 둘러보던 중 어디선가 쥐 소리가 요란하게 들렸다.

농부가 소리 난 곳을 바라보았는데 이게 웬일인가.

구렁이가 쥐 한 마리를 통째로 삼키고 있는 것이었다. 그 구렁이는 바로 농부가 달걀을 나누어 주고 있는 구렁이가 틀림없었다. 구렁이가 쥐를 잡아먹다니, 농부에게는 고마운 일이 아닐 수 없었다.

그날 이후로도 구렁이는 수시로 쥐를 잡아먹었다.

소화가 어렵지 않을 정도까지 부지런히 잡아먹는 듯했다. 덕분에 농부의 작물 피해는 몰라보게 줄어들었다. 이제 농부의 눈에 구렁이는 징그럽기는커녕 예쁘고 귀엽게만 보였다.

"네 녀석이 달걀 값을 톡톡히 하는구나. 약초도 알려주고 쥐도 잡아먹어주니, 우리 집 보물이 따로 없구나!"

농부는 이후로 사람들을 만날 때마다 자신의 집 구렁이 이야기를 했다. 집에 사는 구렁이는 복덩어리니 해치거나 쫓아내지 말라는 내용이었다.

"구렁이를 귀하게 여기고 함께 살면 언젠가는 꼭 복을 가져다준다니까!"

농부의 말에 사람들은 집 구렁이를 업구렁이 또는 업신이라 부르기 시작했는데 이는 집안에 재산을 늘려주는 존재라는 뜻이다.

이때부터였을까? 지금도 다른 뱀과 달리 구렁이는 영

물로 여겨지는 풍습이 이어져 내려온다고 한다.

"아들이오! 부인, 늠름한 아들이오."

"어디 보아요. 정말. 당신을 쏙 닮은 아들이네요."

"이게 무슨 소리지?"

"아니, 이건 달걀이잖아?"

"달걀이요? 오늘은 분명 구렁이가 달걀을 먹는 날이었지요?"

"맞소. 허허허, 구렁이 녀석이 아기가 태어난 것을 어떻게 알고 오늘은 우리에게 달걀을 양보하려나 보구만! 하하하!"

"호호호!"

가짜로 박문수의 삼촌 노릇을 한 농부

옛날 안동 지역에 박 씨 성을 가진 농부가 있었다.

농부는 수려한 외모에 성실했으며 젊었을 적부터 열심히 일해서 재산을 많이 모았다.

그런 그에게 소원이 하나 있었다. 그것은 바로 살면서 양반 행세를 한 번이라도 해 보는 것이었다. 신분이나 벼슬은 돈이 있다고 해서 얻을 수 있는 것은 아니었으므로 양반 노릇을 해보는 것은 늘 그의 숙원이었다.

한편 안동의 어느 이방은 노모를 모시고 있었다.

이 사실을 알게 된 박 씨는 이방의 집을 찾아가 노모에

게 맛있는 고기를 며칠이나 계속해서 대접했다. 입맛이 없다던 어머니는 박 씨의 권유를 마다하지 않고 맛있게 고기를 먹었고 며칠 사이에 안색이 몰라보게 좋아졌다.

이방은 자신이 집에 없는 동안에도 박 씨가 계속해서 자신의 노모를 챙기는 것에 크게 감사했다. 친자식인 자기 자신도 어머니에게 그만큼 잘하지 못하는데 남인 박 씨가 그렇게 해주니 그 성의가 놀랍고 대단했다. 그리하여 이방은 박 씨에게 감사를 표하는 술자리를 만들게 되었다. 두 사람이 이야기를 나누어 보니 박 씨가 이방보다 나이가 많았다.

이방은 흔쾌히 박 씨를 형님이라 부르기로 했다.

"형님에게 너무 많은 신세를 졌습니다. 어머니를 위해서 해주신 정성이 참 태산과 같습니다."

"아이고 별말씀을⋯⋯."

둘은 형님 아우 하며 어느덧 의형제와 같이 돈독한 사이가 되었다.

그런데 이방은 늘 마음에 걸리는 것이 있었다.

아무리 생각해도 바라는 것 하나도 없이 박 씨가 이렇게 자신에게 잘해주는 것이 의아했던 것이다. 그리하여 하루는 허심탄회하게 이야기를 나누는 자리를 만들었다. 그리고 박 씨에게 혹시 바라는 것이 있느냐고 넌지시 물었다. 박 씨가 대답했다.

"내 살면서 벼슬 감투 한 번만 써봤으면 소원이 없겠네."

이방은 자신이 의형제나 다름없이 생각하는 박 씨의 소원을 들어주고 싶었다. 그리하여 박 씨에게 돈이 잔뜩 든 보따리를 받아들고 안동부사에게 갔다.

그리고 자신의 형님이 사는 동안 소원이 벼슬 감투 한 번 써보는 것인데 도움을 줄 수 없겠느냐 청했다.

부사는 평소 이방의 행실을 좋게 보았기에 그가 형님으로 모신다는 박 씨 역시 나쁜 사람이 아닐 것으로 생각했다. 그리하여 그는 박 씨에게 좌수로 임명한다는 증서를 내려 주었다.

좌수 증서를 받은 박 씨는 감개무량했다. 평생의 소원이던 벼슬 감투를 드디어 써보게 된 것이다. 그는 제대로 양반 행세를 해보자 싶어 연고가 없는 지역인 서산으로 갔다. 마침 서산 출신의 유명한 인물로는 어사 박문수가 있었다.

　박 씨는 서산 지역에서 허풍을 떨었는데, 그 내용은 박문수가 자신의 조카라는 것이었다. 박 씨는 서산에 있는 양반들에게 아낌없이 술을 대접했다. 수려한 인물에 좌수라는 벼슬을 지냈는데다 호탕하고 잘 베푸는 박 씨는 금방 서산 양반들의 마음을 사로잡았다. 박 씨의 서산집은 늘 양반 손님들로 북적였다.

　안동에서 좌수를 지내고 왔다는 박문수의 삼촌 박 씨는 이제 서산에서는 유명인이었다.

　하루는 박문수가 오랜만에 고향인 서산을 찾았다.

그간 서산에 별일은 없었는지 궁금했던 박문수는 마을에서 가장 손님이 많은 주막에 가 앉았다. 그리고 국밥과 술을 시켜놓고 주변 사람들이 하는 말에 슬며시 귀를 기울여 보았다. 마침 옆 평상에는 일을 하다 잠시 쉬러 들른 듯 보이는 농부들이 있었다.

"아이고 오늘도 참 덥구면. 시원하게 막걸리 한잔하자고!"

"좋지. 일하고 먹는 막걸리는 꿀맛이지 꿀맛이야. 우리 팔자도 이 정도면 좋지, 그렇지 않은가?"

"에헤이, 정녕 팔자가 좋은 건 저어기 사는 박어사 삼촌 양반이지. 안동에서 좌수를 했다지? 얼마나 재산을 모아두었기에 매일 저렇게 호의호식하며 지낼 수 있는지 몰라."

"매일매일 잔치를 벌인다지? 우리도 저 집에 가서 술과 밥을 얻어먹을 걸 그랬나?"

"다들 저 집에 가서 공짜 술, 공짜 밥 먹으면 여기 주막은 누가 팔아주나? 안 그런가 주모~? 하하하!"

박문수는 생각지도 못한 농부들의 말에 눈이 번쩍 뜨였다. 그에게는 삼촌이 없었기 때문이다.

누군가가 자신의 삼촌 행세를 하고 있다니 생각지도 못한 일이었다. 박문수는 농부들에게 물어 곧바로 가짜 삼촌의 집으로 향했다. 커다란 대문 앞에서부터 마당에서 시끌벅적하게 놀고 있는 객들의 소리가 들렸다.

박문수도 자연스럽게 대문 안으로 들어갔다.

"여보시오, 여기에서 음식과 술을 베푼다 하여 왔는데 음식 좀 얻어먹을 수 있겠소?"

박문수의 질문에 누군가 반갑게 맞이해 주었는데 바로 집주인인 박 씨였다. 박 씨는 꿈꾸던 양반 행세를 하는 것이 너무나 즐거워 자신을 찾는 객들을 직접 반기고 함께 시간을 보내고 있었던 것이다.

"어서 오시게. 음식이라면 얼마든지 드릴 수 있지. 이리로 와서 앉게."

박문수는 안내받은 사랑방에서 식사를 하며 문밖으로 박 씨의 행동을 지켜보았다. 자신의 삼촌이라고 사칭한 인물이니 무언가 검은 꿍꿍이가 있을 것 같았는데, 그가 잠시 지켜본 바로는 특별히 이상한 점이 보이지는 않았다. 그저 자신의 집을 찾는 객이라면 양반이든 아니든 신이 나서 반기고 베풀 뿐이었다.

'아무래도 이 집에서 좀 더 관찰을 해 보아야겠다.'

박문수는 박 씨에게 하룻밤 자고 가도 되는지 물었고 박 씨는 흔쾌히 허락했다.

해가 지자 박 씨의 집을 찾았던 객들이 하나 둘 집으로 돌아갔다. 집이 조용해지자 박 씨는 박문수가 자고 가기로 한 사랑으로 떡과 술을 한상 가지고 들어왔다. 두 사람은 떡을 안주 삼아 술을 마시며 이야기를 나누었다.

박문수가 물었다.

"참, 제가 듣기로 어르신께서는 어사 박문수의 삼촌 되신다고 하던데 사실입니까?"

"그렇다네. 조카 녀석 얼굴 못 본 지도 꽤 되었지, 하하."

능청스럽게 거짓말을 하는 박 씨를 보는 박문수는 기가 막혔다. 아무리 생각해도 자신에게는 이런 삼촌이 없었다. 결국 박문수는 주머니 속에서 마패를 꺼내 들었다.

"내가 바로 어사 박문수다. 네놈은 누구냐?!"

박문수의 마패를 본 박 씨는 소스라치게 놀랐다.

그는 혼비백산하며 사랑방을 뛰쳐나가 마당에서 박문수를 향해 무릎을 꿇고 앉아 싹싹 빌며 말했다.

"아이고! 나으리, 잘못했습니다. 살려주십시오!"

"비록 하루였지만 내가 관찰한 자네는 나쁜 사람 같지는 않았다. 도대체 무슨 이유로 나의 삼촌 행세를 하

며 사람들을 속인 것인지 샅샅이 고하거라. 거짓이 있을 시 그 대가를 치르게 될 것이다."

박 씨는 박문수에게 자초지종을 설명했다.

자신은 안동에서 농사를 짓던 농사꾼인데 평생의 숙원이 양반이 되어 보는 것이었다고 했다. 그는 농사를 지어 모은 재산과 이방과의 돈독한 관계를 이용해 좌수 자리를 얻었다고 했다. 그리고 기왕 양반 행세를 할 것이면 제대로 해보자 하여 서산으로 오게 되었는데, 마침 자신과 성씨가 같은 박문수가 유명한 것을 보고 거짓으로 삼촌 행세를 하게 된 것이라는 것이었다.

"그저 서산의 양반들에게 더 잘 보이고 싶은 마음에 어사님께 큰 실례를 범하고 말았습니다. 다른 생각은 추호도 없었습니다. 정말입니다. 용서해 주십시오."

박문수가 보니 박 씨는 정말로 나쁜 사람처럼 보이지는 않았다.

비록 거짓말을 한 것은 나쁜 행동이었지만 그가 서산에 와서 한 것이라고는 그저 사람들에게 밥과 술을 너그

럽게 베푼 것밖에 없었다. 박 씨는 지나가던 객인 자신에게도 밥과 술은 물론 잠자리까지 베풀지 않았던가.

박문수는 박 씨에게 말했다.

"평생의 소원이 양반 행세를 해보는 것이었다, 그 말이냐."

"예. 한 번만 용서해 주십시오."

"잘 듣게."

박문수가 계속해서 말했다.

"내가 내일 이곳에 어사출두를 할 것이네. 그때 자네를 삼촌이라 부를 테니 그때 제대로 삼촌 노릇을 하시게."

"예……?"

뜻밖의 말에 박 씨가 물었다. 박문수가 계속 말했다.

"서산의 모든 사람들은 자네가 나의 삼촌인 것으로 알고 있다 하지 않았나? 그러니 내일 제대로 그 행세를 해보라는 것이네."

"무슨 말씀이신지……."

"내 자네의 면을 제대로 살려 주겠다는 것이네. 대신

약속하게. 서산에 있는 동안 지금처럼 객들에게 늘 밥과 술을 아낌없이 대접하겠다고 말이야. 객이 양반이건 아니건 관계없이 지금처럼 베풀겠다고 말이네. 삼촌 노릇을 하고 싶으면 제대로 하는 것이네. 대충 했다가 들통이 나는 날에는 자네는 내 손에 죽을 것이야."

박 씨는 꼭 박문수와의 약속을 지키겠노라 맹세했다. 그리고 다음날 약속대로 박문수가 박 씨의 집을 방문했다.

"어사출두요!"

박문수는 하인에게 말했다.

"삼촌이 이곳에 계시다고 들었네만. 안동에 계시던 삼촌이 어찌 서산에 계신다는 것인지 확인하러 왔다네."

"예, 바로 모셔 오겠습니다."

그리하여 박문수와 박 씨는 마당에서 마주하게 되었다.

"아, 삼촌! 정말로 삼촌이셨군요. 어찌 이곳에 계십니까."

"야야, 네가 여기 어쩐 일이냐?"

박 씨는 너무나 천연덕스럽게 박문수의 삼촌 행세를

했고 그 모습을 보는 박문수는 웃음이 새어 나오려는 것을 참았다.

박문수는 그렇게 박 씨를 못 본 척해 주고 한양으로 돌아가게 되었다. 그런데 박문수가 한양에 돌아온 이후에 집으로 이런저런 선물들이 들어오는 것이었다. 그리하여 박문수 동생이 그에게 따지게 되었다.

"형님. 나랏일을 보고 다니는 사람이 대체 무슨 짓을 하고 다닌 것이오?"

"무슨 소리냐?"

"이 선물들을 보시오, 이게 다 무엇이오? 어디서 무슨 짓을 하고 돌아다니길래 이런 뇌물들이 집으로 끝도 없이 올라온단 말이오!"

동생의 말에 의아해진 박문수가 선물들의 발송지를 알아보니 바로 서산에서 오는 것이 아닌가.

"아우야. 실은 서산 지방에서 일이 있었는데 아무래도 이 선물들은 그 감사의 표시로 올라오는 것 같구나."

박문수는 동생이 이해해 줄 것으로 생각하고 서산의 박 씨에 대해 말했다. 그런데 동생의 얼굴이 붉으락푸르락해지는 것이었다.

"뭐요?! 감히 신분을 속인 천한 것이 형님한테 뭐라? 조카?"

"아니 그러니까……."

"내 이 괘씸한 놈을 가만두지 않을 것이오!"

"에헤이, 그만두라니까. 그냥 놔두거라. 이 선물들은 내가 도로 돌려보내겠다."

박문수의 만류에도 동생은 그의 말을 듣지 않았다.

박문수는 동생이 평소에도 워낙 다혈질에 화가 많았던 것을 알아서 더 이상 그를 말리지 못했다. 박문수의 동생은 그 길로 보따리를 싸서 서산 박 씨의 집으로 향했다.

"이리 오너라!"

박문수 동생의 말에 하인들이 그를 맞아주었다.

"감히 우리 형님을 가지고 장난을 친 자가 있다고 해서 왔다! 어서 안내하거라!"

하인들은 영문을 모르는 표정으로 박문수 동생을 박 씨에게로 안내했다. 박 씨는 박문수의 동생이라는 자를 보고 처음에는 당황했다. 그리고 이내 생각했다.

'아하. 어사 박문수께서 아직도 나를 시험하시는 것이구나.'

박 씨는 '대충 했다가 들통이 나는 날에는 자네는 내 손에 죽을 것'이라는 박문수의 말을 떠올렸다.

'내가 삼촌 행세를 어설프게 하다가 들키기라도 했다간 어사님도 곤경에 처할지 모른다. 제대로 하는 것이야,

제대로!'

박 씨는 자신을 둘러싼 하인들과 손님들을 향해 안타깝다는 듯 말했다.

"하이고. 참 큰일일세. 우리 형님이 아들이라고는 둘 있는데 한 녀석이 내 큰 조카인 박문수고 다른 한 녀석이 이 녀석인데 말이야."

박 씨가 말을 이었다.

"둘째 조카인 이 녀석이 실은 광증(狂症)에 들리고 말았지……, 나도 말만 전해 들어서 설마 이 정도인 줄은 몰랐는데. 이 녀석아. 너는 삼촌도 못 알아보느냐?"

"뭐라? 이놈이 무슨 소리를 하는 것이냐."

박문수 동생은 갑자기 자신을 미친 사람 취급하는 박 씨의 행동에 황당했다. 그러나 박 씨는 계속해서 천연덕스럽게 말을 이어가는 것이었다.

"아이고, 이 녀석이 지 아버지도 못 알아본다더니 삼촌도 못 알아보는구먼. 그런 녀석이 여기는 어찌 알고 쫓아내려 왔대?"

박문수 동생은 화가 치밀어 올랐다. 그래서 박 씨에게 달려들려 하였지만 이내 하인들에게 제압당했다.

박 씨가 말했다.

"네가 정신이 돌아오려면 시간이 좀 필요하겠구나. 이 녀석을 좀 가두어 놓거라."

박문수 동생은 그대로 하인들에게 끌려가 사랑방 안에 갇혔다. 문밖에서 박 씨가 말했다.

"네 입에서 삼촌 소리 나올 때까지는 거기 갇혀 있거라."

"삼촌 같은 소리! 가만두지 않을 것이다!"

박 씨는 박문수 동생의 말을 무시하며 손님들에게 말했다.

"하하하, 아무리 광증이 들었어도 버릇은 고쳐놓아야 하지 않겠소? 이제 다들 신경 쓰지 말고 계속 잔치를 즐깁시다."

박 씨는 박문수 동생에게 하루 종일 아무 음식도 주지 않았다. 박문수 동생이 항의해도 돌아오는 대답은 하나였다. 사람들 앞에서 삼촌이라고 불러야만 음식을 주겠다는 것이었다. 박문수 동생은 터무니없는 말이라며 콧방귀를 뀌었지만 다음날도, 그다음 날도 굶게 되니 도저히 버틸 수가 없었다.

그리하여 결국 나흘째 되던 날 외치고 말았다.

"삼촌! 사람 좀 살려줘요."

"아이고! 저 녀석이 이제야 정신이 돌아온 모양이네."

박 씨는 손님들 사이에서 뻔뻔하게 웃으며 말했고 박문수 동생이 갇혀있던 방문을 열어 음식을 잔뜩 가져다주었다. 박문수 동생은 뚱한 얼굴로 음식을

먹고 그 길로 다시 한양으로 올라왔다. 동생을 본 박문수가 물었다.

"그래, 어떻게 하고 왔느냐? 자신이 삼촌이 아니라고 털어놓더냐?"

그러자 동생이 말했다.

"그놈 그거, 보통이 아니었습니다. 하마터면 내가 그놈한테 죽을 뻔했습니다 형님!"

그러자 박문수가 웃으며 말했다.

"그것 보아라. 너도 별 수 없었다고 하는데 나라고 별 수 있었겠느냐?"

이후로 박 씨는 한동안 서산에서 박문수의 삼촌 행세를 이어갔고 박문수와의 약속대로 자신이 진짜 삼촌이 아니라는 사실을 들키지 않았다. 그는 또한 박문수와의 약속대로 가짜 신분을 이용한 잘못된 행동은 일절 하지 않았으며 그저 서산에 머무는 동안 많은 이들에게 밥과 술을 제공하며 실컷 양반 행세를 즐겼다고 한다.

엉뚱한 며느리와 이상한 존댓말

옛날 어느 마을에 한 처녀가 살았다.

처녀의 부모는 처녀를 시집보내게 되었는데 걱정이 이만저만이 아니었다. 부모가 보기에 딸이 보통 어리숙한 것이 아니었기 때문이다. 딸은 말버릇이 나쁜 편이었으며 돌려 말하는 법을 잘 몰랐다.

하루는 가족이 함께 식사를 하던 때였다. 딸이 보니 아버지의 입가에 밥풀이 묻어 있었다. 그녀가 말했다.

"아버지 주둥이에 밥풀이 붙었어."

또 어느 날은 아버지가 소들에게 여물을 챙겨주고 방에 들어가 대자로 누워 쉬고 있을 때였다. 사발을 가지러 아버지 방을 찾은 딸이 보니 아버지의 머리에 자그마한 지푸라기가 붙어 있는 것이었다. 그녀가 말했다.

"아버지 대가리에 검불이 붙어있네."

부모는 물론 그럴 때마다 딸에게 주둥이나 대가리는 웃어른에게 사용하는 단어가 아니라고 알려주었다. 그러나 시집가서는 어떤 상황에서 어떤 말을 하게 될지 모르니 딸이 어떤 기상천외한 말실수를 할지 걱정하지 않을 수 없었던 것이다.

어머니는 딸을 앉혀놓고 말했다.

"잘 들거라. 주둥이가 아니라 입, 대가리가 아니라 머리, 그리고 눈깔이 아니라 눈이다. 알겠니?"

"알았어. 그런데 나 오줌이 마려워."

"오줌……, 그럴 때에는 '소피를 보러 잠시 다녀오겠습니다'라고 말하는 것이야. 다녀오거라."

소변을 누고 온 딸이 환하게 웃으며 말했다.

"히야, 오줌이 얼마나 철철철 나오던지. 시원해라!"

"그런 말은 하지 않아도 된다. 그리고 앞으로는 늘 존댓말을 쓰도록 해라."

"왜요?"

"시집가서는 절대 반말을 해서는 안 되기 때문이다. 늘 존댓말을 해야 해. 알겠니?"

"알았어요."

어리숙하기는 해도 사랑으로 키운 딸이었기에 어머니는 딸이 시집가서 시부모님과 어른들에게 사랑받기를 바랐다.

어머니는 딸에게 단단히 일렀다.

"시집살이라는 것은 원래 말도 많고 탈도 많은 것이란다. 예로부터 시집살이는 '귀머거리 3년, 장님 3년, 벙어리 3년'이라고 했지. 그렇게 살아야 겨우 적응이 된다는 뜻이다."

"헥! 나는 귀머거리도, 장님도, 벙어리도 아닌데 시집을 가면 하루아침에 그렇게 되나요?"

"정말로 네 눈과 귀가 먼다는 뜻이 아니다. 그만큼 그런 척 애쓰며 살아야 한다는 뜻이지. 때로는 보고도 못본 척, 들어도 못 들은 척, 말없이 묵묵하게 버텨내야 하는 것이 시집살이라는 뜻이란다."

딸이 어머니의 말을 완전히 이해하는 것 같지 않자, 어머니는 적어도 말을 아끼라는 것을 강조 또 강조했다. 과묵하기라도 하면 불필요한 말실수를 줄일 수 있을 것이라 생각했기 때문이다.

"되도록 말을 아끼거라. 그리고 어른들을 칭할 때는 꼭 '씨'나 '님'을 붙여 공대를 해야 한다. 아버님 어머님 서방님, 이렇게 존칭하는 것이다. 알겠지?"

"네."

그리고 마침내 그녀가 시집을 갔다.

시댁에서 살게 된 그녀는 어머니의 말을 잊지 않았는데, 혹시라도 자신이 입을 열었다가 실수라도 할까 싶어 아예 한 마디도 하지 않았다. 어느 정도로 말을 안 했는지, 시부모는 정말로 며느리가 벙어리인 것으로 오해하게 됐다.

하루는 시아버지가 며느리에게 말했다.

"아가. 내가 제사를 지내러 가게 되었는데 여기 두루마기에 구멍이 났더구나. 이 구멍 좀 꿰매주거라."

며느리는 말없이 두루마기를 받아 들었다. 나중에 시

아버지가 며느리가 건넨 두루마기를 받아보니, 이게 웬일인가. 며느리가 두루마기 색상과 전혀 다른 색상의 천으로 기워둔 것이었다. 시아버지는 생각지도 못한 두루마기의 모습에 놀랐으나 서투른 며느리가 귀엽기도 해 별말 없이 넘어갔다. 그러다 하루는 시아버지가 아플 때 시어머니가 며느리에게 말했다.

"아가. 미음 좀 쑤어서 가져다드리거라."

며느리는 말없이 부엌으로 들어갔다. 그런데 얼마 뒤 부엌에서 뿌연 연기가 자욱해서 헐레벌떡 가보니 며느리가 솥을 까맣게 태운 것이었다.

시어머니는 이 일로 노발대발하게 되었다.

안 그래도 말 한마디 하지 않는 며느리가 답답해 죽을 지경이었는데 이렇게 간단한 죽 쑤는 것조차 할 줄 몰라 사고를 치니 도저히 데리고 살 수 없겠다는 것이었다.

"말도 못 하고 말을 알아듣지도 못하는 저런 애는 도

로 데려다주고 오거라!"

그리하여 신랑이 아내를 도로 친정에 데려다주는 길이었다. 친정으로 가는 길에 고개를 넘게 되었는데, 그때 꿩이 '푸드득'하며 날아갔다. 그러자 아내가 말했다.

"어이구, 우리 고향 마을의 꿩이 날아가네요."

신랑은 깜짝 놀랐다. 아내가 말하는 것을 처음 들은 것이다. 아내가 이어 말했다.

"저 꿩을 잡아다가 편찮으신 시아버님 좀 드리면 좋겠네요."

이 말을 들은 신랑은 아내의 말대로 꿩을 잡았다. 그리고 아내가 벙어리가 아니었음을 기뻐하며 부랴부랴 발길을 돌려 아내를 데리고 집으로 돌아갔다. 아들이 도로 며느리를 데리고 오자 시어머니가 말했다.

"왜 도로 데리고 왔니? 며느리는 다른 아이로 얼마든지 들이면 될 것을. 말귀 못 알아듣는 벙어리를 어디다 쓰려고."

"어머니, 이 사람은 벙어리가 아니었습니다. 무언가

사정이 있어 말을 하지 않았을 뿐인 듯합니다.”

신랑은 아내 덕분에 꿩 한 마리를 잡아 왔다며 싱글벙글했고 그런 아들을 바라보는 시어머니는 못마땅했지만 더 나무라지 않았다.

그날 밤, 며느리가 꿩을 푹 고아서 밥상을 차렸다.

며느리는 모락모락 김이 나는 꿩고기를 부위별로 뜯었다. 그러더니 제일 먼저 꿩의 날개를 시아버지 그릇에 내려놓았다. 그다음으로는 꿩의 다리를 뜯어 신랑의 그릇에 내려놓았다. 다음으로는 꿩의 머리와 입술을 시어머니의 그릇에 내려놓더니 마지막으로 자신의 그릇

에 가슴살과 내장을 담는 것이었다. 이를 가만히 바라보던 시어머니가 꿩고기를 이렇게 나누어주는 이유가 있느냐고 물었다. 그러자 며느리가 말했다.

"저 날개는 제 실수를 덮어주시는 우리 시아버님 드렸으면 좋겠고요. 다리는요, 저 다리, 저 다리 건너는 우리 낭군님 드렸으면 했고요."

그녀가 이어 말했다.

"어머님이 늘 눈을 이리저리 굴리시며 저를 꾸짖으시니 머리와 입술을 드렸고요. 그 때문에 제 가슴이 썩 어문드러졌기 때문에 저는 이 가슴살과 내장을 먹으려 했어요."

며느리의 말에 시어머니는 기가 막혔다. 또다시 화를 내려 하니 시아버지가 제지했다. 그리고 웃으며 말했다.

"이리 말을 잘하면서 왜 그동안은 벙어리처럼 한 마디도 하지 않았니?"

며느리는 시집오기 전 친정에서 배운 시집살이에 대해 말했고 그 말을 다 들은 시아버지는 고개를 끄덕였다. 그리고 말했다.

"이렇게 어린 데다 시집살이가 처음인데 서투른 것이 당연하지. 적어도 가르치면 가르치는 대로 지키려고 하는 점이 내 눈에는 참 훌륭하구나."

그러더니 시어머니에게도 말했다.

"부인도 앞으로는 며늘아기를 꾸짖지 말고 하나씩 하나씩 천천히 가르쳐 주시오. 집안일을 부인이 가르쳐 주면 존댓말은 내가 하나씩 가르칠 테니."

다음날부터 시아버지는 며느리에게 존댓말을 쓰도록 가르쳤다.

"어려울 것 없다. 끝에 '씨'자를 붙이기만 하면 된단다."

"네, 아버씨."

"아니, 이럴 때는 '님'자를 붙이고."

"네, 아버님."

시아버지가 며느리를 데리고 소에게 여물을 주러 가니 소가 고개를 빼꼼 내밀고 우물우물 받아먹었다. 그 모습을 본 강아지가 옆에서 '꽁꽁' 짖기 시작했다.

그러자 며느리가 말했다.

"아버님. 소 씨가 여물 씨를 뜯어 잡수시는 것을 보고 개 씨가 꽁꽁 씨 합니다."

"뭐라고?"

시아버지는 며느리의 엉뚱한 대답에 웃음이 터지고 말았다. 며느리는 자신이 또 실수를 했다는 것을 깨닫고 얼굴이 빨개졌다.

시아버지가 말했다.

"괜찮다. 며늘아기 네 덕분에 웃을 일이 많아 좋고, 늘그막에 할 일이 생겨 좋다. 내 하나하나 가르쳐 줄 테니

차근차근 배우거라."

"예, 아버님."

며느리는 이후 다정한 시아버지의 다독임과 보살핌 아래에 말도 살림도 능숙한 며느리로 성장했다고 한다.

인생을 도둑맞은 남자

옛날 어느 산골 마을에 부모와 외동아들이 살았다.

아들이 사는 마을에는 글공부를 배울 곳이 없었는데 산 너머에 사는 이 선비라는 이가 공부를 가르쳐 주었다. 그래서 부모는 아들을 산 너머 이 선비 집에 보내 공부를 시켰고 아들은 집과 스승 집을 오가며 지냈다.

어느덧 아들이 열세 살이 되어 장가를 들게 되었는데, 그는 장가를 든 후에도 집과 스승 집을 오가며 지냈다. 한 번 공부를 하러 가면 짧게는 이틀, 길게는 열흘까지도 스승 집에 머물며 먹고 자다 오곤 했다.

이제 막 시집온 신부는 남편과 많은 시간을 보내고 싶었지만 남편은 아내의 마음을 헤아리기에는 아직 철이 들지 못했다. 그리하여 혼인 전이나 후나 변함없이 공부를 하러 다녀온다는 이유로 수시로 집을 비우곤 했다.

하루는 여느 때처럼 아들이 산 너머 스승님 집에 오래 머물렀다가 집으로 돌아온 날이었다.

그는 책보자기를 들고 마당에 들어서며 외쳤다.

"아버지, 어머니, 저 다녀왔습니다."

아들의 목소리에 곧 아버지와 어머니가 방문을 열었다.

"아버지, 어머니, 별일 없이 잘 지내셨지요?"

그런데 아들의 안부 인사에도 부모는 눈만 끔뻑끔뻑할 뿐이었다. 그러다 아버지가 말했다.

"너는 누구냐?"

"예?"

"네가 누군데 우리를 아버지, 어머니라 부르느냐?"

아들은 어안이 벙벙했다. 집을 떠나기 전까지만 해도

정신이 멀쩡하던 부모가 갑자기 자신을 몰라보니 무슨
일인가 싶었다.

"아버지. 어찌 자식을 몰라보십니까?"

"자식? 야, 이 녀석아. 내 아들은 지금 방에 있다."

"예?"

어머니도 덩달아 말했다.

"우리 아들은 지금 자기 방에 있다우. 도령은 뉘슈?"

"예??"

"집을 잘못 찾아온 것 같구먼. 내 아들은 자기 방에 처
와 함께 있다."

아들은 큰일 났다 싶었다. 부모에게 좀 이르게 치매가 왔다고 생각한 것이다.

"그게 무슨 말씀들이셔요. 제 얼굴을 좀 자세히 보세요. 어찌 아들 얼굴도 몰라보십니까."

"이 녀석이 아까부터 왜 자꾸 엉뚱한 소리야. 안되겠다. 이리 따라오거라."

아버지는 아들을 데리고 아들의 방 앞으로 가더니 아들의 이름을 불렀다. 그러자 방문이 열렸고 아들은 너무 놀라 까무러칠 뻔했다. 방 안에는 자신과 똑같이 생긴 남자가 자신의 처와 함께 있었던 것이다.

"웬 녀석이 지가 내 아들이라고 하도 우겨서 데리고 왔다."

방 안에 있던 남자가 방 밖으로 나왔다. 요리 보고 저리 보아도 아들과 정말 똑닮은 모습이었다.

"넌 누구냐?"

"넌 누군데 남의 집에 와서 아들 행세를 하고 있는 것이냐?"

"남의 집? 여기가 왜 남의 집이야, 내 집이지."

"내 집? 여기는 내 집이지! 이게 무슨 도를 넘는 장난이란 말이냐?"

"누가 할 소릴. 집을 잘못 찾아왔으면 썩 도로 나갈 것이지, 집주인한테 이게 무슨 결례냐."

"내 아버지, 어머니 그리고 내 아내다! 넌 대체 누구길래 내 집에서 내 행세를 하고 있는 것이야!"

아들이 의문의 남자와 옥신각신하는 동안 마당에 있는 아버지와 어머니는 어리둥절해 하며 둘을 번갈아 바라보았다. 방 안에 있던 아내 역시 마당으로 나왔고 누가 진짜 자신의 남편인지 갸우뚱하며 당황했다.

"여기가 분명 네 집이란 말이지?"

"확실하다. 내가 나고 자란 내 집이야."

"여기가 정말로 네 집이라면 어디 내 질문에 답해보아라."

의문의 남자는 말했다.

"이 집 전체를 두르고 있는 서까래 끄트머리가 몇 개더냐?"

"뭐……, 뭐? 야, 이놈아. 집 서까래 끄트머리를 세어보는 놈이 어디 있다고? 내가 그걸 어찌 알아."

아들은 당황했다. 서까래를 세어본 적이 없으니 그 답

을 알 리 만무했다. 아들이 우물쭈물 당황하는 사이 의문의 남자가 가족들을 향해 말했다.

"제가 이 집에서 산 지도 어느덧 십 년이 넘는 세월입니다. 늘 마당에서 놀았지요. 무료할 때면 놀이 삼아 수시로 서까래를 세었고 그 개수도 당연히 알고 있습니다."

의문의 남자는 방방마다의 서까래 수를 시원하게 말했으며 가족들이 세어보니 정말로 그의 말이 맞았다. 의문의 남자가 만족스러운 얼굴로 아들에게 말했다.

"이놈아. 네 집이라고 우길 것이었으면 이 정도는 알고 왔어야지. 썩 나가라! 더 우리 가족들을 희롱했다가는 가만있지 않을 것이야."

아들은 결국 자신의 집에서 쫓겨나고 말았다. 그는 갈 곳이 없어 스승인 이 선비의 집으로 갔다. 그리고 스승에게 이 모든 일을 말했다.

이야기를 다 들은 스승이 말했다.

"음, 그런 일이 있었겠다. 아무래도 너의 신체 중 일부를 어떤 동물이 취해 도술을 부린 것 같구나."

"가족들이 다 그자를 진짜 저로 알고 있으니 저는 어찌하면 좋겠습니까?"

"흠. 내가 아는 절이 있으니 일단 그곳으로 가자. 어떻게든 사정하면 너를 받아줄 것이다."

아들은 스승과 함께 절에 갔다. 절 앞에서 스승이 아들에게 말했다.

"이곳에서 10년 동안 공부를 하며 지내거라."

"10년이나요? 그렇게나 오래 말입니까?"

"그래. 네 말대로라면 보통 도력이 아니니 긴 시간이 필요하다."

"제가 이 절에서 10년 동안 공부를 하면 그놈이 제 발로 집을 나가는 것입니까?"

"절에 들어가면 네게 찾아오는 동물이 있을 것이다. 그 녀석을 내치지 말고 정성을 다해 잘 길러라."

아들은 스승의 말대로 절에 들어갔는데 웬 새끼 고양이 한 마리가 찾아왔다. 아들은 고양이에게 밥과 물을 챙겨주며 10년 동안 길렸다. 그렇게 세월이 흘러 어느덧 10년이 훌쩍 지나갔다. 아들이 하산하려고 짐을 싸서 절을 나서자 자신이 10년간 기른 고양이가 따라붙었다.

주지스님이 아들에게 작별 인사를 하며 말했다.

"집에 가게 되면 처가 있는 방에 들어가거라."

"방은커녕 마당을 밟자마자 곧바로 쫓겨나고 말 텐데요."

"무슨 수를 써서라도 비집고 들어가거라. 그러고는 소변이 마렵다고 하고 잠시 방을 비우는 것이다. 그때 네 고양이를 꼭 방 안에 넣고 방문을 잠그거라. 꼭 내 말대로 해야 한다."

"알겠습니다."

아들은 10년 만에 집으로 갔다.

10년 새 부모는 많이 늙어 있었는데 그들은 여전히 아들을 알아보지 못하고 문밖으로 쫓아내려 했다. 그러나 아들은 끝까지 버티고 서서 이 집 아들과 한 번 이야기라도 하게 해 달라고 우겼다.

하도 버티고 서 있으니 부모가 이야기만 하고 나가라는 조건을 걸고 허락해 주었다. 아들이 옛날 자신의 방으로 가니 그 방 안에는 자신과 닮은 남자와 처가 함께 있었다. 10년 전만 해도 자신이 먹고 자던 방이었는데 이제는 떡하니 그 남자가 차지한 모습이었다.

아들은 아내를 바라보았다.

10년 전 앳된 얼굴의 아내는 이제 어엿한 여인이 되어 있었다. 아들이 아내에게 말을 걸었다.

"당신은 어찌 서방도 못 알아보시오."

"제 서방님은 여기 계신데 알아보고 못 알아보고 할

것이 무엇이 있겠습니까."

"당신이 모르는 진실이 있소. 오늘 내가 그 진실을 알려주고자 온 것이오."

"자네는 그 옛날에도 집을 잘못 찾아오더니 어찌 10년이 지난 오늘도 엉뚱한 소리를 하는가?"

"10년 전에는 내가 너무 어려 자네의 질문에 대답하지 못했지만 지금은 다르오. 집안 살림에 대해 자네보다 더 속속들이 알고 있을 자신이 있다 이 말이오."

"허허. 그래, 이야기나 해 봅시다. 나도 우리 집에 대해서는 모르는 것이 없으니 물러설 이유가 없지."

아들은 여유롭게 대답하는 의문의 남자를 바라보다 이내 잠시 소변을 보고 오겠다며 일어섰다.

방문을 나서면서 봇짐 속에서 쉬고 있던 고양이를 꺼내 방 안으로 밀어 넣었다. 그리고 서둘러 방문을 밖에서 걸어 잠갔다. 스님이 일러준 대로 이제 방 안에는 아내와 의문의 남자, 그리고 아들이 10년간 기른 고양이만 있게 된 것이다.

그때였다.

"야아옹~"

"헉, 웬 고양이냐. 고, 고양이 좀 치워주시오 부인!"

"어머나 저리 가거라. 저리 가!"

"야아옹~"

"으악! 찍, 찍찍찍찍! 찌익-!"

"에엥? 꺄악!"

고양이 소리와 허둥지둥하는 사람들의 소리가 들리나 싶더니 별안간 쥐가 비명을 지르는 듯한 소리가 들렸다. 아들이 방문을 열어 보았더니 놀란 아내의 옆에 고양이가 있었는데, 고양이의 입에는 회색빛의 커다란 쥐 한 마리가 목덜미를 물린 채 기절해 있었다. 그리고 쥐의 입에는 웬 손톱이 삐죽 튀어나와 있는 것이었다.

아들은 그제야 일이 어떻게 된 것인지 알 수 있었다.

실은 아들은 손톱과 발톱을 깎아서 문틈으로 아무렇게나 버리는 습관이 있었는데 이 손톱 발톱 중 일부를 큰 쥐가 주워 먹었던 것이다. 아들의 신체 일부를 주워

먹게 된 쥐는 아들과 똑같은 모습으로 변했고 무려 10년
간 아들 행세를 하며 그의 자리를 빼앗은 것이다.

손톱 발톱을 함부로 버리지 말라던 부모와 스승의 가
르침을 가볍게 들은 결과가 설마 이렇게 중할 줄은 그는
꿈에도 몰랐던 것이다.

소란스러운 소리에 방으로 달려온 아들의 부모는 자
신들이 10년 전 내쳤던 아들이 진짜 아들임을 뒤늦게
깨달았다.

"아이고. 저 쥐를 자식으로 알고 여태껏 10년을 살았
구나."

아버지는 기가 막히고 속상한 마음에 아내에게 핀잔을 주었다.

"다른 이는 몰라도 너는 어찌 쥐가 네 남편 노릇을 하는 것도 몰라보냐, 응?"

부모보다도 더 당황스러운 것은 아내였다. 아내의 얼굴은 빨갛게 달아올랐고 눈에는 눈물이 고였다.

"매일 한 방에서 같이 살았으면서 쥐도 몰라보냐, 쥐도 몰라봐?"

"다 제 잘못이니 아내에게 그러지 마십시오. 당신도 미안해하지 마시오. 다 괜찮소."

"서방님……."

아들은 10년 만에 만난 아내를 꼭 안아주었다.

고양이 때문에 정체가 들통나고 만 쥐는 정신을 차리자마자 집 밖으로 쏜살같이 도망갔다.

이후 아들은 아내와 가족에 충실하며 행복하게 살았으며 손발톱이나 머리카락 등 신체의 일부를 절대 아무 데나 버리지 않았다고 한다.

이 이야기에서 유래되어 지금까지도 사용되고 있는 표현이 있다. 그것은 바로 '쥐뿔도 모른다'이다. 아들의 부모가 며느리에게 "쥐인 줄도 모르냐"라고 타박했는데 이후 변형에 변형을 거쳐 오늘날의 '쥐뿔도 모른다'가 된 것이라고 한다.

은혜 갚은 여우 며느리

옛날 어느 산속 깊은 마을에 노부모를 모시는 효자 아들이 살았다. 아들은 땔나무를 내다 팔며 부모를 모셨는데 몸이 좋지 않은 부모가 늘 걱정이었다.

어느 눈이 많이 내리는 겨울날, 아들은 부모님의 병을 치료해 줄 약초를 구하기 위해 산에 갔다. 그런데 눈이 펑펑 내리는 산에서 뜻밖에 한 여인을 만나게 되었다.

'이 추운 날 산중에 웬 여인이지?'

사람이 있을 법하지 않은 곳에 아리따운 여인이 있으

니 그는 몹시 의아했으나, 곧 약초를 구하기 위해 산 이 곳저곳을 살피는 것에 전념했다. 그런데 여인이 그에게 다가와 귀띔을 해주는 것이었다.

"약초를 찾으시나요? 제가 어디에 있는지 알고 있으니 알려드리겠습니다."

아들은 여인 덕분에 금방 약초를 구할 수 있었다. 그는 여인에게 크게 감사해하며 말했다.

"감사합니다. 눈 덮인 산에서 어떻게 약초를 찾을지 걱정이 많았는데, 덕분에 부모님이 쾌차하실 수 있을 듯합니다. 이 은혜를 어찌 갚아야 할지요."

그러자 여인은 싱긋 웃으며 말했다.

"선비님은 혼인을 하셨는지요?"

"예? 아니요, 아직⋯⋯."

"그럼, 정말로 은혜를 갚고 싶으시다면 저도 함께 데리고 내려가 주시어요."

"예?"

예상도 하지 못한 여인의 말에 아들은 깜짝 놀랐으나 싫지 않았다. 그리하여 아름다운 여인과 함께 산을 내려가게 되었다. 집으로 돌아간 아들은 부모에게 여인을 소개하며 있었던 일들을 말했다. 노부모는 늘 자신들을 챙기느라 장가도 가지 못한 아들이 마음에 걸렸는데 아리따운 며느리가 들어온다고 하니 몹시 기뻤다.

그런데 사실 아들과 혼인한 여인은 사람이 아니라 백년 묵은 여우가 처녀로 둔갑한 모습이었다.

일전에 산에서 덫에 걸려 꼼짝없이 죽을 뻔했던 여우를 아들이 구해주었는데 여우가 아들을 기억했다가 접근한 것이다. 그녀는 가난하지만 정 많은 시부모와 마음씨 따듯하고 다정한 남편을 마음 깊이 사랑했다. 그래서 매일 맛있게 밥도 짓고 빨래나 잡다한 집안일도 도맡아 하며 집안 살림 이곳저곳에 힘을 보태며 지냈다.

그러나 여우 며느리가 가만 보니, 워낙 살림살이가 넉넉하지 못해 남편이 땔나무를 내다 파는 것만으로는 도저히 식구들이 먹고사는 형편이 나아질 기미가 보이지 않았다.

어느 날 며느리가 남편에게 말을 꺼냈다.

"서방님. 제게 실을 사다 주시겠어요? 실은 저는 베를 아주 잘 짜는 재주가 있답니다. 제가 베를 짜서 팔면 살림에 큰 보탬이 될 수 있을 것 같아요."

"부인이 베를 짠다고? 이미 정말 많은 일을 도와주고 있는데……, 베 짜기까지 해도 괜찮겠소?"

"걱정하지 마셔요. 다만 한 가지 약속만 지켜주시면 되어요."

그녀는 짐짓 무거운 목소리로 말을 이어갔다.

"제가 베를 짜는 동안 절대로 방 안을 들여다보지 말 아 주세요."

"왜 들여다보면 안 되오?"

"이유는 묻지 마시고 절대, 무슨 일이 있어도 방 안을 보지 말아 주세요. 이 약속을 꼭 지켜 주실 수 있으시겠 어요? 저의 간곡한 부탁입니다."

"흠……. 알겠소. 내 절대 들여다보지 않겠소."

남편은 희한한 부탁이라 생각했지만 아내와 약속을 했고 아내에게 실을 사다 주었다. 그리고 그날부터 아내 는 방안에 들어가더니 온종일 베를 짜기 시작했다.

얼마나 열중해서 베를 짜는지 밤이 되어도 밖에 나오 지 않고 베를 짰다. 아무것도 먹지도 않고 마시지도 않 고 베 짜기에만 열중하니 방 밖에 있는 가족들은 그녀가 걱정되지 않을 수 없었다. 하지만 남편은 아내와 한 약속이 있어 아무리 궁금해도 방문을 열어볼 수 없었다.

방 안에서는 쉬지 않고 베틀이 돌아가는 소리가 났다.

그렇게 사흘째 되던 날 밤, 드디어 베틀 돌아가는 소리가 멈추었다. 그리고 마침내 방 안에서 그녀가 완성된 베 한 필을 들고나왔다.

시부모는 며느리가 짠 베를 보고 깜짝 놀라고 말았다. 시부모가 평생 동안 본 적도 없을 정도로 훌륭하고 아름다운 베였던 것이다.

남편도 감탄을 금할 수 없었다.

"어찌 이런 재주가 다 있소. 이렇게 훌륭한 베를 정말
부인이 짠 것이오?"

사흘 동안 제대로 먹지도 마시지도 못해 수척해진 아
내는 미소를 지으며 말했다.

"서방님께서 내일 마을에 가셔서 이 베를 팔아 오시
어요. 장터에 있는 그 어느 베보다도 비싼 값에 파실 수
있을 겁니다. 그리고 베를 판 돈으로는 꼭 실도 다시 사
다 주시어요."

남편은 다음날 곧장 장에 갔다. 그리고 아내가 짠 베

를 꺼내 놓았는데 장터에 온 사람들이 모두 그 아름다운 고품질 베에서 눈을 떼지 못했다. 그러다가 어느 비단옷을 입은 사람이 와서 베를 꼼꼼히 살펴보더니 무려 천 냥에 베를 사간 것이다.

남편이 베를 판 돈으로 실과 음식을 사서 집에 돌아가 그날 있었던 일을 말하자 아내는 그럴 줄 알았다는 듯이 흐뭇한 미소를 지으며 말했다.

"잘하셨어요. 제 말이 맞지요?"

"부인 덕분이오. 오늘은 우리 가족, 맛있는 저녁상을 상다리 부러지도록 차려 먹읍시다."

"네 서방님. 그리고, 저는 내일부터 다시 한번 베를 짜겠습니다."

"또?"

"베의 시세를 보아하니 제가 세 번만 베를 짠다면 집안 형편이 빠르게 풀릴 수 있을 듯합니다."

"하지만 부인이 너무 고생하는데……."

"저는 괜찮아요. 서방님께서 저와 한 약속만 지켜주시

면 됩니다.”

　남편은 아내가 짠 베를 팔아 집안 형편이 풀리는 것은 좋았지만, 베를 짜는 동안 어째서인지 그녀가 먹지도 마시지도 않고 방에만 틀어박혀 있으니 걱정이 되었다.

　역시나 이번에도 사흘 만에 완성된 베를 들고나온 그녀는 몹시 수척했다.

　“아무것도 먹지도 마시지도 않고 밤낮으로 베를 짜니, 나는 당신이 몹시 걱정이 되는구려. 방안도 절대 들여다보지 못하게 하니 음식을 넣어줄 수도 없는 노릇이고……..”

　“저는 괜찮습니다. 이 베를 이번에도 높은 값에 팔아 오셔요. 천 냥 아래로는 조금도 깎아주지 마시고요. 그래도 팔릴 것입니다.”

　“……알겠소.”

　“걱정하지 마세요. 이제 딱 한 번만 더 베를 짜면 되니까요. 실을 사 오시는 것 잊지 마시어요.”

　그렇게 아내가 세 번째로 베를 짜기 위해 방에 들어가

니 시부모가 아들에게 말했다.

"애야, 이러다 며느리가 쓰러지고 말겠다. 방에 한 번 들어갔다 나올 때마다 얼굴이 저리 상하니 원……."

"그래. 베를 팔아온 돈으로 차린 밥상이 영 마음이 불편할 지경이구나. 너라도 들어가서 뭐라도 좀 챙겨주는 것이 어떠니?"

아들이 아내가 베를 짜는 방문 가까이에는 부모님을 절대 가지 못하게 하니 시부모는 며느리 걱정이 이만저만이 아니었다.

"저희가 약속을 해서 그런 것이니 그러려니 하고 지켜봐 주시지요……."

아들은 부모님에게 이렇게 말했지만 사실 자신도 아내가 걱정되기는 마찬가지였다. 그리고 걱정만큼이나 호기심도 크게 일었다.

도대체 어떤 방식으로 베를 짜길래 사흘 밤낮으로 베틀이 쉬지 않고 돌아가는지 궁금했다. 또 밤낮으로 베틀을 돌린다 하여도 그토록 아름다운 베를 많이 짜기에는 사흘이란 턱없이 부족한 시간이었던 것이다.

눈 덮인 산속에서 약초가 있는 곳을 곧바로 안내해 주었던 것도 그렇고 아내에게는 분명 묘한 부분이 있었다.

결국 사흘째 되던 날, 아들은 고민 끝에 호기심을 이기지 못하고 말았다.

'그래. 궁금해서 보는 것이 절대 아니다. 나는 사랑하는 아내가 걱정되어 그러는 것이야.'

아들은 베틀이 돌아가는 소리가 나는 방으로 슬며시 다가가 창호지 방문에 조그맣게 구멍을 냈다. 그리고 그 구멍을 통해 방을 들여다보고 말았다.

'헉……!'

남편은 깜짝 놀라고 말았다.

　베틀에 앉아 베를 짜고 있었던 것은 자신의 아내가 아
닌, 아내의 옷을 입고 있는 여우였던 것이다.

　여우의 입에는 여의주가 물려 있었다.

　여의주의 힘을 빌려 베를 짠 덕분에 그토록 빠른 시간
안에 아름다운 베를 완성할 수 있었던 것이다.

　남편은 놀란 마음을 가라앉히며 아무 일도 없었던 것
처럼 방 밖에서 떨리는 마음으로 아내가 나오기를 기다
렸다. 그리고 그날 저녁, 베틀이 멈추는 소리와 함께 아
내가 방에서 나왔다. 완성된 베를 들고 있는 것은 분명

여우가 아닌 아름다운 사람이었다. 아내는 평소와 같이 수척한 모습이었는데 이번에는 입가에 미소를 띤 채가 아닌, 슬픈 표정을 하고 있었다.

그녀가 말했다.

"서방님. 저와의 약속을 깨시고 말았군요."

아내는 자신이 사람으로 둔갑한 백 년 묵은 여우인 사실을 털어놓았다.

"백 년이 넘는 시간 동안 인간이 되기를 빌고 또 빌다가 서방님을 보고 따라 내려왔습니다."

"사랑하는 인간과의 세 번의 약속이 지켜지는 것이 제가 평생 인간으로 살아갈 수 있는 조건이었지요……."

아내의 눈에서는 눈물이 흘러내렸다.

"서방님, 어머님, 아버님과 죽을 때까지 함께 행복하게 살고 싶었지만 이제 저의 정체를 들키고 말았으니 떠나야 합니다. 서방님, 부디 행복하시어요."

말을 마친 아내는 여우로 변했고 그대로 집을 나가 사라졌다.

남편은 아내와의 약속을 깬 자신이 한스러워 눈물을 흘리며 후회했다. 며느리가 사라진 자리에는 다 짠 베만 남았고 시부모님 역시 덩그러니 남은 베를 보고 슬피 울었다고 한다.

이 이야기에서의 베를 짜는 동물은 여우가 아닌 두루미로 전해 내려오기도 한다. 덫에 걸렸던 두루미가 자신의 깃털을 뽑아 베를 짜는 것을 들키게 되고 어쩔 수 없이 하늘로 돌아가게 되는 내용이라고 한다.

인생 한방! 대감집 딸을 차지한 머슴의 재치

옛날 한양 어느 마을에 김 대감이 살았다.

그는 높은 벼슬자리인 재상을 지냈으며 매우 부자였다. 김 대감은 벼슬에서 물러나 집에 있는 시간이 많아지면서 영 심심해서 견딜 수가 없었다.

그는 재미있는 이야기 듣기를 즐겼는데 주변에서 흔히 보고 들을 수 있는 이야기는 이제 하도 많이 들어 웬만한 내용에는 만족하지 못했다. 그렇다 보니 김 대감은 거짓말을 잘하는 사람을 좋아했다. 있을 법한 일에 기발한 거짓말을 섞어 지어낸 이야기는 늘 새로웠기에 지루

하지 않았던 것이다.

김 대감은 집에 찾아오는 사람이 있으면 누구든지 붙들고 재미있는 이야기가 없냐고 물었다. 한 번 김 대감의 손에 잡혔다가는 방 안에서 두 시간이고 세 시간이고 김 대감의 이야기 상대를 해주어야 하니 점차 사람들이 김 대감을 찾는 것을 무서워할 지경이었다.

점차 찾아오는 이들이 줄어드니 김 대감은 더더욱 무료함을 견딜 수 없었다. 그러다 한 가지 꾀를 내었다.

그에게는 외동딸이 있었는데 외동딸의 사윗감을 구한다는 미끼로 방을 낸 것이었다. 김 대감은 거짓말을 잘하는 사람을 사위 삼겠다고 광고를 냈다. 사람들은 그 광고에 나와 있는 특이한 사윗감 조건을 보고 의아해했다.

"아무리 거짓말을 좋아해도 그렇지, 하나밖에 없는 딸을 거짓말쟁이에게 시집보내겠다니. 참 별일이 다 있네."

"그런데 거짓말이 그래봤자 다 거짓말인데, 어떻게 누가 더 거짓말을 잘하는지 우위를 가린다는 거요?"

"일단 김 대감에게 10냥을 내고 세 가지 거짓말을 할 수 있다고 하는데, 세 가지 거짓말 중 하나라도 '그건 터무니없는 거짓말이다!'하고 인정을 받아야 한다고 하더군."

"그러니까 절대 참일 수 없는 거짓말을 해야 한다 이 말인가? 그래도 말일세……, 결국 김 대감이 '그건 참이다'하면 인정을 못 받는 건데. 그러면 김 대감 마음대로 아닌가?"

"아니 그것까지 내가 어찌 아는가? 내가 김 대감도 아닌데. 김 대감한테 직접 물어보게. 궁금하면 자네가 10냥 내고 한 번 사윗감에 도전해 보든지."

"이 사람아, 10냥이 누구 집 개 이름도 아니고, 됐네."

재상까지 지낸 김 대감의 외동딸과 결혼할 수 있다는 광고를 보고 전국 팔도에서 많은 이들이 몰려들었다. 말만 잘하면 대감집 사위가 될 수 있다고 하니 다들 이런저런 기발한 이야기들을 늘어놓았다.

소문을 들은 청년 한 명이 김 대감을 찾아왔다.

"제가 살던 마을 말입니다. 이번에 풍작도 그런 풍작이 없었습니다. 호박이 어찌나 실하게 열렸던지 호박 크기가 글쎄 송아지만 했지요. 아기 송아지가 자기보다 더 큰 호박을 보고 겁을 먹어서 엄마 소한테 가서 울고불고 하지 뭡니까?"

"그 커다란 호박, 나도 알지! 그거 참말이지."

다음 청년이 찾아왔다.

"제가 한양에 오는 길에 날이 너무 더워서 목이라도 좀 시원하게 적실까 해서 주막을 찾던 길이었는데 말입니다. 글쎄, 장사꾼 하나가 다가오더니 저에게 겨울바람을 팔겠다고 하지 뭡니까? 얼마입니까 물으니 하는 말이, 원래는 백 냥도 더 받는데 저는 처음 보는 나그네이니 특별히 다섯 냥에 팔겠답니다. 터무니없는 말을 하는 데다 너무 비싸게 판다고 말하며 제가 그냥 지나가려 했더니, 저한테 어디로 가냐고 물어보았습니다. 제가 한양으로 간다고, 한양 김 대감 댁으로 간다고 하니 갑자기 다섯 푼에 팔겠다 하지 않겠습니까?

일단 한 번 써보고 좋으면 한양에 널리 널리 자신이 겨울바람을 파는 것을 알려 달라고요. 김 대감님께도 꼭 전해달라고 했습니다. 그래서 제가 너무 덥기도 했고, 그냥 속는 셈 치고 다섯 푼을 건네고 그 장사꾼이 건넨 호리병을 열었는데, 정말로 '쌔앵-' 하는 소리와 함께 얼음장같은 겨울바람이 제 얼굴을 쓸고 지나가는 것이었습니다! 지난겨울 차가운 설경이 생각날 만큼 시원한 바람이었습니다. 정말 기가 막힌 일이었지요. 덕분에 대감 댁에 오는 동안 더위를 잊고 올 수 있을 만큼 엄청난 물건, 아니 바람이었습니다."

"그 장사꾼을 나도 알지! 그거 참말이지. 그 양반이 바람을 모은 비법이, 커다란 대야를 사서 한라산 꼭대기에서 마파람을 잡는 것이라지? 바람이 많이 부는 겨울마다 아주 고생이라지."

또 다른 청년도 거짓말을 늘어놓았다.

"대감님도 소고기를 좋아하시지요? 소고기가 참 맛이

좋은데, 소 한 마리가 워낙 귀하니 소고기가 먹고 싶을 때마다 매번 기꺼이 소를 잡을 수는 없지 않습니까. 실은 저희 집에는 소가 딱 한 마리 있는데, 저희 가족은 제가 태어났을 때부터 지금까지 그 소 한 마리에서 나오는 소고기로 모든 가족이 배불리 먹어오고 있습니다.

방법은 소한테 그물을 씌워 놓는 것입니다. 그물을 씌워 놓으면 소가 그물 안에서 움직이다가 그물 밖으로 몸의 일부를 쏘옥 내밀게 되는데, 그렇게 그물 밖으로 나온 고기만 잘라서 먹는 것입니다. 그 고기를 먹고 나서 다시 소를 살피러 가보면 소는 아무 일 없었다는 듯 온몸이 멀쩡하게 있었지요.

또 소에게 그물을 씌웠더니 이번에는 발 한 쪽을 쏘옥 내밀길래, 발로 고기도 먹고 국도 끓여 먹었는데, 다 먹고 소를 살피러 가보니 여전히 건강하게 잘 살아 있었습니다. 잘라먹은 다리도 멀쩡하게 붙어 있었고 말이지요! 그물이 신비한 것인지 소가 신비한 것인지 알 길이 없지만 어쨌든 신비한 일이 아니지 않을 수 없지 않겠습니까?

그래서 저희 부모님이 말씀하시기를, 제가 장가를 가게 된다면 장인 장모님에게 선물로 이 소를 드려야겠다고 하셨습니다. 이제 제가 대감님 댁 사위가 되려 하니, 그 신비한 소와 그물도 대감님의 것이 되겠지요!"

"알지, 알지! 내가 그 소에 대한 소문은 진즉에 들었는데, 그게 자네 집 소인 줄은 몰랐구먼! 참말이지, 암~!"

김 대감은 사윗감에 도전하는 많은 이들의 말이 뻔히 거짓말인 줄 알면서도 번번이 거짓말이 아니라고 하였다. 어떤 거짓말을 하여도 김 대감이 사실이라고 대꾸하니 방법이 없었다. 수많은 사람들이 김 대감의 딸을 차지하기 위해 도전했지만 모두 실패하고 말았다.

하루는 어떤 청년이 김 대감을 찾아 왔다.

김 대감이 보기에 이 청년은 지금까지의 도전자들과 달리 행색이 꼭 어느 집 머슴처럼 보였는데 선뜻 이야기 값으로 10냥을 내어 놓는 것을 보고 행색만 이럴 뿐 아주 거지는 아닌가 보다 하였다.

청년이 말했다.

"내가예. 쩌어기 경상도에서 머슴살이를 하다가 햇수로 꼬박 6년을 일해도 도저히 돈이 안 모이데요? 애끼고, 애껴서 모은 돈도 고작 석 냥인기라. '여짝에서는 도저히 답이 없구나. 에라이, 다 때려치우고 한양에 가자.

거 가면 뭐라도 다르겄지'해서 한양으로 오게 되었는디. 오는 길에 '솨-'하고 소나기가 내리데예.

어데서 비를 피하나 하고 보니께 커다란 돌미륵이 하나 있는데 그게 을매나 큰지 비를 피할 수 있겠더라고예. 그 돌미륵 뒤에 꼭지에 가서 요로코롬 쭈그리고 비를 피하다 본께, 쪼끔 있으니 소나기가 그쳤지예. 근디 비가 살짝 그치나 싶응께 돌미륵 쪽으로 사람들이 하나둘 오데예?

살짝 보니께 글쎄 곱게 소복을 입은 아낙네 하나가 미륵 입 안 깊숙한 데다가 돈을 한 주먹을 꽂아 넣고는 '미륵님, 아들 하나만 낳게 해 주이소'하믄서 절을 하고

가는기라. 다른 사람들도 다 그카는 기라예. 돌미륵 입 안에다가 돈을 넣고 소원을 빌고 가는 기지예. 사람들이 다 가고 나서 살짝 나가가꼬 미륵 입에다가 손을 넣어보니께. 아, 이게 손이 안 들어가. 도저히 손은 안 들어가더라고예?

그래가꼬 내가 돈 석 냥이 있으니께. 일단 장에 갔어. 장에 가서 뭐를 샀냐 하면은, 고춧가루를 샀심니더. 고춧가루를 얼마큼 많이 샀냐며는 두어 말을 샀어. 고춧가루를 사와서 뭐를 했냐, 고춧가루에 살짝 물을 너가꼬 잘 반죽을 해가지고 돌미륵 콧구멍에 밀어 넣었으예.

아따 콧구멍도 을매나 큰지 고춧가루 두 말이 싹 다 들가더라고예. 싹 밀어 넣자니께 처음에는 미륵이 끄떡없나 싶더니만, 쪼금 있으니께 막 몸을 움찔움찔해. 그러더니만은 코가 맵고 따가운지 몸을 굽신굽신 움찔움찔하더니만은 '에취!'하고 기침을 하더라고예.

186

　기침을 하니께는 입에서 돈이 짜르륵 하고 나와. 옆에 붙어가꼬 옆구리도 간질간질 하니까는 한 번 더 '에에취!'하더니만은 또 돈이 쨩그르르 하고 쏟아지데예?

　아, 이게 참 쏠쏠한데. 근데 이게 참, 할 짓은 아니데예. 이거는 나중에 천벌 받을 수도 있겠다 싶어가꼬. 그때까지 미륵이 뱉은 돈만 챙기가꼬 다시 뭐 쫌 사서 장사라도 시작해 볼까 하고 장에 간기라. 그래가꼬 사람들 많이 모인 곳에 가보니께는 뭐 방이 하나 붙어 있는기라. 근데 내가 글을 못 읽응께, 옆 사람한테 '저 방이 뭐라꼬 합니까?' 한께네, 한양에 정승을 하다 물러난 큰 부자 대감집이 있는데, 그 집에서 사위를 구한다 안 하요?

다른 조건 아무것도 필요 없고 돈 10냥 내고 거짓말만 잘 하면 된다 카니 내 이거다 싶더라고! 그래가지고 바로 온 기라예.”

청년의 말을 듣고 김 대감은 대꾸했다.

“그렇지, 참말이지. 원래 돌미륵이 고춧가루같이 따갑고 매운 것을 싫어한다 하는 것을 나도 들었다. 매운 고춧가루를 콧구멍에 넣었으니 움찔움찔하다 재채기를 할 수밖에!”

청년이 말을 이어갔다.

“맞지예. 지가 근데 혹시라도 대감님 집에 장가를 못 갈 수도 있으니께 지도 다른 방편이라도 마련해야 할 것 아닙니꺼? 그래가꼬 한양으로 오기 전에 거짝 장에서 명태를 샀어예. 여차해서 안되면 한양에서 생선 장사를 해야겠다 해가지고. 명태를 살라고 둘러보니께는 엄청나게 싱싱하고 좋은 명태를 억수로 싸게 팔고 있더라꼬예? 그래가꼬 한 짝에 명태를 백 마리씩 넣으니께는 백 짝은 나와삐는기라예.

내가 또 힘 하나는 억수로 좋아가지고 명태 백 짝을 지고 한양에 왔다 아임니꺼. 여 와가 장사를 함 해봤는데, 아이고 한양은 진짜 다른기라. 불티가 나게 팔려 나가는데, 고향에서는 6년을 일해도 석 냥밖에 안 모이더마는 여서는 하루만 일해도 수십 냥이 고마 벌려부리지예.

벌린 돈 가지고 또 명태를 사고팔고, 사고팔고 하니께는, 하이고 마, 돈이 너무 많이 들어왔다 나갔다 하는 바람에 고마 정신이 없을 지경인기라예. 근디 그 와중에 한양 사람들은 와이리 외상을 많이 하는교?

외상 값 못 받을까 싶어가꼬 장부에 싹 다 적어 놓는

디, 아따 마, 너무 정신이 없으니께는 큰돈 말고는 고마 신경 꺼부리고 안 받는 게 낫지예. 그만큼 돈이 많이 벌린다 아입니꺼.”

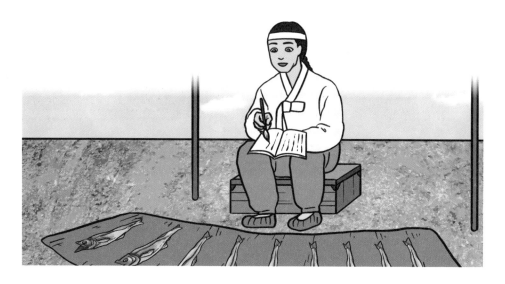

김 대감은 코웃음이 났다.

청년의 행색은 아무리 보아도 크게 돈을 버는 장사꾼처럼 보이지 않았다. 청년의 첫 말마따나 겨우 10냥을 모아서 상경한 시골 머슴 같았다.

김 대감은 대꾸했다.

“그렇지, 참말이지. 나도 젊었을 적에는 힘이 좋아서 생선 100짝을 거뜬히 들었다네. 장사가 잘된다니 그거 참 잘된 일이로구먼. 아무리 바쁘고 정신이 없어도 큰

외상값은 꼭 빼놓지 말고 받게나."

그러자 청년이 말했다.

"맞지예. 장부를 적어놔서 망정이지, 안 그라믄 진짜로 한양에서 눈 뜨고 코 베이겠더라꼬예. 지가 혹시나 돈 못 받을랑가 해가지고 장부 하나는 확실하게 적었는디, 여기 함 보이소."

청년이 주머니에서 부스럭부스럭 장부를 꺼내 펼치며 말했다.

"요기 보면은 대감님 댁도 적혀 있지예? 지한테서 명태를 제일 많이 사 가믄서 그 돈을 외상 건 집이 대감님 집이라예."

김 대감은 흠칫 놀랐다가 태연하게 대꾸했다.

"아, 그 명태 값이 얼마였지?"

청년이 말했다.

"일만 냥 아닙니꺼."

김 대감은 깜짝 놀랐다. 청년은 능청스러운 표정으로 말했다.

"대감님, 지한테 만 냥 갚으셔야 하지예? 빨리 주이소."

김 대감은 아무 말도 하지 못했다.

김 대감이 청년의 말을 터무니없는 거짓말이라고 하자니 그를 사위 삼아야 했고, 이전처럼 참말이라고 대꾸하자니 빚진 만 냥을 청년에게 주어야 했다. 청년에게 만 냥을 주는 것은 전 재산을 다 주는 것이나 마찬가지였다. 한참을 생각하던 대감은 결국 자신이 패배한 것을 인정할 수밖에 없었다.

자신의 꾀에 넘어가버리고 만 것이다.

그러나 한편으로는 김 대감은 청년의 지혜와 재치가

마음에 들었다. 그리하여 김 대감은 약속한 대로 자신의 외동딸과 머슴 청년을 혼인시켰다. 시골에서 갓 상경한 청년이 말솜씨 하나 만으로 대감집 외동딸을 차지한 것이다.

이후 김 대감은 무료할 때마다 사위에게 말동무를 청했고 사위는 기발한 이야기들로 장인어른을 즐겁게 해주었다.

뱀 여인과 영물 바위

옛날 어느 마을에 한 부부가 살았다.

부부는 자신들 소유의 논과 밭을 가지고 있었는데 늘 풍작이라 생활이 썩 여유로웠다. 부부에게는 아들이 셋 있었는데 세월이 흘러 세 아들이 차례로 혼례를 치르게 되었다. 부부는 첫째 아들과 둘째 아들이 분가할 때 각각 땅을 떼어 주었다.

어느덧 막내아들도 혼례를 치르고 분가를 하게 되었다. 막내아들은 평소 집안일도 잘 돕고 부모님의 비위 맞추는 일을 잘 해 부부는 막내아들을 효자라 하며 유독

예뻐하였다. 막내아들이 분가할 때에도 부부는 땅을 떼어주었는데 그 땅은 이웃 마을 앞 물길이 좋고 기름진 옥답 다섯 마지기(약 1,000평) 가량이었다. 그런데 그 땅 한가운데에는 집채만 한 큰 바위가 하나 있었다.

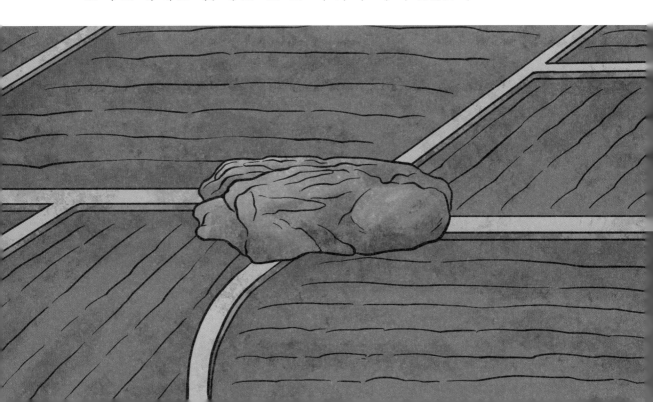

아들이 사람들을 불러 저 바위를 치워야겠다고 말하자 아버지가 말했다.

"절대로 저 바위를 치우면 안 된다. 그것 하나만 지키면 너도 사는 동안 부족함 없이 풍족하게 살 수 있을 거다."

막내아들은 아버지의 말씀이 무슨 뜻인지 알 수 없었지만 당부의 말을 지키겠노라 하고 고개를 끄덕였다. 그런데 그가 토지를 물려받고 농사를 짓는 첫해에 그만 가뭄이 들었다. 바짝바짝 마르는 논을 답답한 마음으로 둘러보던 그의 눈에 아버지가 절대 치우지 말라던 커다란 바위 덩어리가 눈에 들어왔다. 그는 바위 위에 올라갔다.

"이 보기 흉한 바위 덩어리가 농사가 잘 되도록 도와주는 영물이라 하여 내버려두었는데. 내 이럴 줄 알았지, 영물은 무슨 영물."

그는 바위에 화풀이를 하고자 바지를 내리고 오줌을 누기 시작했다. 그가 눈 오줌은 졸졸졸 흘러가 바위의 한쪽 고랑으로 모이기 시작했다.

"쓸모없는 바위 녀석, 오줌 맛이나 보아라."

그런데 신기한 일이 일어났다.

고랑 안에 고인 오줌의 색상이 점차 맑아져 물로 변하더니 양이 점점 많아지는 것이었다. 큰 물줄기로 변한 오줌은 이내 바위 아래로까지 쏴아아 흘러 내려가 논 전체에 촉촉하게 물이 가득 고이게 되었다.

"바위가 영물이라는 말이 사실이었구나! 이것이 부모님이 짓는 농사가 늘 풍작일 수 있었던 비밀이었어!"

그는 이후로 바위를 보물처럼 여겼다. 보물 바위만 있다면 아무리 가뭄이 들어도 두려울 것이 없었다.

세월이 지나 6월의 어느 날이었다.

그가 모내기를 하기 위해 논갈이를 해두고 물을 가두려고 수시로 논을 드나들며 둘러보던 중에 보물 바위 위에서 무언가가 꿈틀거리는 것을 보았다. 가까이 가 보니 바위 위 볕이 잘 드는 쪽에서 무려 어른 팔뚝보다도 더 굵은 구렁이 한 쌍이 구불구불 엉킨 채 교합을 하고 있었던 것이다.

"이 징그러운 것들이 여기가 어디인 줄 알고 이런 재수 없는 짓을 하고 있어?"

그는 씩씩대며 논 귀퉁이에 꽂아 두었던 삽가래를 빼어들고 와서는 엉켜있는 구렁이를 향해 힘껏 내려찍었다. 그의 가래 공격에 구렁이 한 마리의 머리가 잘려나갔다. 그는 얼른 그 머리를 들어 논 옆 숲속으로 멀리 던져버렸다. 그리고 얼른 나머지 한 마리도 처치하려고 보니 그새 남은 한 마리의 구렁이는 바위 틈으로 도망친 후였다.

그는 두 마리 다 처치하지 못한 것이 아쉽고 화가 나 한동안 씩씩댔다. 이내 침착해진 그는 바위 위에 묻은 구렁이의 피를 물을 흘려 닦아내고 집에 돌아왔다.

"마누라. 오늘 논에서 무슨 일이 있었는지 아시오?"

그는 집에 오자마자 아내에게 의기양양하게 바위 위 구렁이에 대해 이야기했다.

"한 마리 놓친 것이 아쉬워 죽겠네! 그래도 허튼짓 했다가는 내게 어떻게 혼쭐나는지 보았으니 살아남은 고놈은 두 번 다시 내 눈앞에 나타나 까불지 못하겠지."

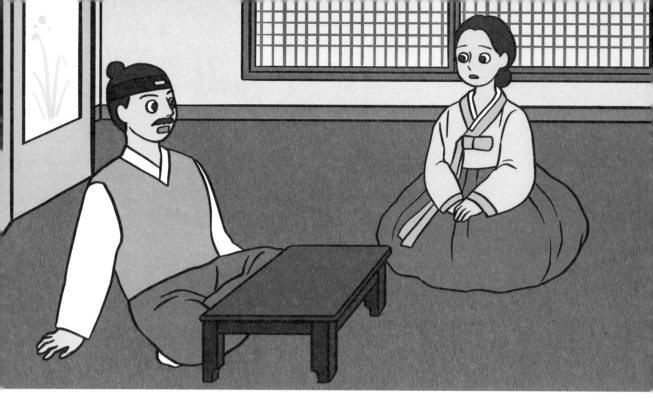

그의 이야기를 듣고 있던 아내가 조심스럽게 말했다.

"서방님. 그 이야기는 너무 끔찍하여요……."

"끔찍하다니?"

"뱀들이 뭐 그리 큰 잘못을 하였다고 그토록 잔인하게 해치셨나요? 더군다나 새끼를 가지려고 하는 살아 있는 생명을 빼앗은 것이잖아요."

"당신이 아무것도 몰라서 하는 소리야! 그 바위가 어떤 바위인 줄 알기나 하시오? 감히 보물 바위 위에서 그 따위 망측한 짓을 하였으면 대가를 치러야지."

"뱀이 바위 틈으로 도망 갔다고 하셨지요? 바위가 뱀

을 숨겨주었으니 뱀은 바위를 해하는 존재가 아니었을 것이에요. 만약 그 뱀들이 바위의 영물적인 힘을 지키는 지킴이였으면 어떡해요?"

"하, 그깟 뱀이 지킴이는 무슨 지킴이? 당신이랑은 말이 안 통하는구먼. 됐소."

아내의 말에 흥이 깨져버린 그는 투덜대며 잠자리에 들었다.

뱀 사건 이후로 열흘 즈음 지난 어느 날 그는 2년 전 유명을 달리한 큰형님의 제사에 참석하기 위해 큰형님이 살던 마을인 고향 마을에 가게 되었다.

그는 옆 마을까지 가는 동안 먹을 쌀 조금이 담긴 보자기와 술 한 병을 들고는 오후 늦게 집을 나섰다. 부지런히 걸으면 밤이 늦기 전에 도착할 수 있는 거리였다. 그가 한참을 걸어가는 길에 한 널따란 도랑에 이르렀는데 도랑에서는 색시 하나가 빨래를 하고 있었다. 하얗고 뽀얀 손으로 빨래를 조물거리고 있는 여인의 모습이 어찌나 고운지 그는 눈을 뗄 수가 없었다.

'히야……, 마을에 저리 어여쁜 처자가 있었다니.'

그는 슬금슬금 발걸음을 옮겨 색시가 빨래하는 빨래터 근처 산언덕 소나무 밑에 가 앉았다.

여인은 그를 눈치채지 못한 듯 계속해서 빨래를 했다. 그는 여인의 관심을 끌고 싶어 근처의 돌들을 주워 물에 던졌다. 그가 던진 돌이 여인에게 물을 튀기는데도 그녀는 일말의 관심도 주지 않고 묵묵히 빨래만 할 뿐이었다.

그는 애가 탔다.

자신이 이미 혼인한 몸이라는 사실이나 큰형님의 제사를 지내러 가던 길이라는 사실은 까맣게 잊은 지 오래였다. 그는 여인이 빨래를 다 마칠 때까지 바라보다가 여인이 빨랫감을 챙겨 일어나 자리를 뜨자 몰래 그 뒤를 따라갔다. 여인이 집에 들어가는 것을 확인하고 그는 잠시 집 앞에서 기다렸다. 그리고 이내 날이 저물자 대문 앞에 서서 말했다.

"이보시오. 지나가던 나그네인데 해가 저물어 머물 곳
이 없어 난감하구려. 오늘 하룻밤만 이 집에서 묵어갈
수 있겠소?"

그의 말에 여인이 문을 열고 나와 그를 바라보았다.
과연 여인은 너무나 아름다웠다.

"사정이 그러시다면 묵고 가시지요."

여인이 순순히 허락해 주자 그는 마음속으로 쾌재를
불렀다. 여인은 그를 사랑방으로 안내했다.

"저기 있는 요를 깔고 주무시면 됩니다."

그 말을 마치고 돌아서려는 여인의 등에 대고 그가 서

둘러 말했다.

"목이 몹시 말라 그러는데 물 한 그릇만 먹을 수 있겠소?"

"가져다드리지요."

이번에도 여인은 순순히 부엌으로 가더니 대접을 들고 왔다. 그러나 그의 속셈은 따로 있었다. 그는 목이 말라서 물을 부탁한 것이 아니라 어떻게든 여인을 붙잡아 두기 위해 거짓말을 한 것이었다. 그는 사랑방 안으로 물을 넣어주고 나가려던 여인의 손을 덥석 잡았다.

"왜, 왜 이러시오!"

"모르는 척은. 처음 보는 외간 남자를 집에 들일 때는 다 알고 그런 것 아니오?"

"이것 놓으시오! 나는 임자가 있는 몸이오!"

그는 여인을 억지로 방 안으로 끌어당기려 했다. 그러나 뿌리치는 여인의 힘이 생각보다 세서 결국 실패하였고 여인은 뛰쳐나가 그대로 도망가고 말았다.

머쓱해진 그는 어떻게 하면 좋을지 생각했다.

집주인이 도망간 상황에 아무 일도 없었다는 듯 사랑 방에서 잠을 자려니 찜찜했고 그렇다고 지금 당장 밖으로 나가자니 한밤중에 어디에서 밤을 꼴딱 지새야 할지도 걱정이었다.

그 때 문밖에서 어떤 소리가 들리기 시작했다.

"쉐-쉐-쉐- 쉬익 쉬익. 쉐-쉐-쉐 쉬익 쉬익"

처음 들어보는 소리가 반복해서 들리자 그는 그 소리에 온 신경이 집중되었다.

"쉐-쉐-쉐 쉬익 쉬익"

그러더니 이내 방문이 휙 열리는 것이었다. 그리고 문밖에 서 있는 형체를 보고 그는 외마디 비명을 지르고 말았다.

"으악! 저……, 저게 뭐야?!"

방문 앞에는 수십 미터 길이가 넘을 법한 거대한 구렁이가 혀를 날름거리고 있었던 것이다. 구렁이는 사랑방 안으로 들어와 방의 네 귀퉁이를 모두 휘감았다.

바싹 굳은 채 벌벌 떠는 그의 몸 주변으로 아주 작은 공간들만 남은 채 구렁이의 몸이 가득 찼다. 구렁이가 무시무시하게 커다란 입을 쩌억 벌리더니 말하기 시작했다.

"네 이놈! 네놈이 내 서방님을 잔인하게 죽인 놈이지. 가엾은 서방님의 복수를 위해 오늘만 기다렸다! 어디 네놈도 끔찍한 고통 속에 죽어 보아라!"

이내 구렁이의 길고 긴 몸이 그의 다리를 휘어 감기 시작했다. 독기를 가득 품은 구렁이가 더욱더 힘을 주어 그의 상반신까지 올라오며 조였다.

"네놈이 내 서방님의 머리를 멀리 던져버리는 바람에

나는 서방님의 장례도 치러 드리지 못했다! 내 한을 감히 가늠이나 할 수 있겠느냐?!"

그런데 구렁이가 그의 온몸을 휘어 감기 직전, 그가 윗도리 속주머니에서 비수를 꺼내 들었다. 그리고 구렁이 머리가 자신의 상체를 휘감기 위해 올라온 순간, 입을 벌린 구렁이의 목구멍을 비수로 내려찍었다.

"크아아악!"

구렁이는 목구멍을 비수로 찍히고도 멈추지 않았다. 남은 힘을 짜내어 비수를 꽂은 그의 팔목을 꽉 물었다.

"으악!"

구렁이는 숨이 끊어지는 순간까지도 그의 팔목을 이빨로 물고는 놓아주지 않았다. 그리하여 구렁이는 목구멍을 찔려 급소 치명상으로, 그는 과다 출혈과 뱀독으로 함께 죽고 말았다.

한편 그의 아내는 큰집에 제사 지내러 간다던 남편이 사흘이 지나도록 집에 돌아오지 않자 걱정이 되기 시작했다. 아들, 딸들과 함께 남편을 찾기 위해 옆 마을 큰집에까지 가 보았는데 남편은 큰집에 온 적도 없다고 하는 것이 아닌가.

온 식구들이 그의 흔적을 찾기 위해 마을을 샅샅이 뒤졌으나 소득이 없었다. 그러다 큰아들이 자기 집 논에 이르렀는데 한가운데 바위 위에 무언가가 올려져 있는 것이었다. 아들이 서둘러 바위 위에 가까이 가보니 그것은 구렁이와 아버지의 시신이었다.

아버지의 팔목에는 뱀의 이빨자국이 선명했고 뱀은 입속에 비수가 꽂힌 상태였다. 놀란 아들은 황급히 가족들에게 이 사실을 알렸고 어머니는 생각했다.

'서방님이 결국 뱀을 죽인 대가를 치르고야 말았구나……. 얼마나 한을 품었으면…….'

그녀는 눈물을 애써 훔치며 의연하게 말했다.

"마을에서 인부 3명을 데려다 아버지의 시신을 모셔 오도록 하거라. 그리고……, 그 옆의 구렁이도 잘 수습하여 산에 곱게 묻어 주거라."

"구렁이를요?"

"그래. 그 구렁이는 아무래도 우리 논을 지켜주는 업신 같으니 가는 길에라도 편히 가도록 잘 묻어 주자꾸나."

그녀는 남편의 시신을 모셔와 극진히 장례를 치렀고 죽은 구렁이 두 마리의 장례 역시 함께 치르며 그들의 명복을 빌었다. 그리고 그날 저녁잠이 들었는데 꿈에서 소복을 입은 아리따운 여인이 나타나 말했다.

"남편과 저의 장례를 치러 주셔서

고맙습니다."

"그, 그럼 당신은……?"

"예. 저는 하루아침에 끔찍하게 남편을 잃고 복수심과 분노에 사로잡혔었습니다. 그리하여 당신의 남편을 죽이는 것은 물론 당신 가문의 삼족을 다 멸할 생각이었습니다."

여인은 말을 이어갔다.

"그러나, 당신이 이토록 고운 마음씨를 가진 것을 보고 생각이 조금 바뀌었습니다. 비록 내게는 찢어 죽여도 아깝지 않은 원수이나 당신에게는 사랑하는 지아비였을 텐데……, 당신은 당신의 남편을 죽인 나와 내 남편의 장례도 치르고 명복까지 빌어 주었으니까요."

"그러면, 저와 남은 가족들은 살려주시는 것입니까?"

"다만 한 가지 조건이자 부탁이 있습니다."

소복 입은 여인은 계속해서 말했다.

"내가 죽은 날이 되면 꼭 잊지 말고 여느 사람들처럼 나물에 밥 한 그릇으로 내 젯밥을 차려 주십시오. 그렇

게 한다면 당신 집안 식구들은 다 살 것이고, 또한 집안 대대로 평온하며 복을 받게 될 것입니다."

그렇게 말하고 소복 입은 여인은 홀연히 사라졌다.

잠에서 깬 안주인은 꿈에서 한 약속을 소홀히 생각하지 않았다. 소복 입은 아름다운 여인은 이번에 죽은 암구렁이의 화신임이 분명했다.

그녀는 꿈속 여인의 말대로 구렁이의 제사를 잊지 않고 꼬박꼬박 지냈는데, 구렁이가 죽은 날이 자신의 남편이 죽은 날과 같다 보니 더더욱 잊지 않고 지낼 수 있었다. 안주인의 정성 덕분인지 그날 이후 가문과 자손은 더욱 번성하여 남은 가족들 모두 행복하게 잘 살았다고 한다.

달빛 이야기 극장 ~민담 편~

2025년 2월 1일 초판 1쇄 펴냄

펴낸곳 | 꿈소담이
펴낸이 | 이준하
글·그림 | 은젤
그림 어시스트 | 일류스트
책임미술 | 오민규

주소 | (우)02880 서울특별시 성북구 성북로5길 12 소담빌딩 302호
전화 | 747-8970
팩스 | 747-3238
등록번호 | 제6-473호(2002. 9. 3)

홈페이지 | www.dreamsodam.co.kr
북 카 페 | cafe.naver.com/sodambooks
전자우편 | isodam@dreamsodam.co.kr

ISBN 979-11-91134-53-7 73810